登場人物
SAIJAKU-SHUZOKU NO ORE GA
MAOU GACHA DE
HIKARERU KAKURITSU
ネココ
早川哲平

リチャード
リリィ

一切の躊躇のない、殺害のための一振り。
俺があっと思う間もなく、
大男の戦斧がリリィの顔面に炸裂した——
「リリィ!!」
「……で、このデカブツが
どうしたってのよ?」

最弱種族の俺が魔王ガチャで引かれる確率

SAIJAKU-SHUZOKU NO ORE GA MAOU GACHA DE HIKARERU KAKURITSU

①

CONTENTS

N

ノクスノベルス

第1話　魔界へ

見上げていた。

わけが分からないことだらけの頭で、俺はその少女を見上げていた。

石造りの部屋に、薄暗い照明。淡く光っているのは、床に描かれた幾何学模様。

魔法陣みたいだと思って、それがどうやら本当に魔法陣であることに気がついて、俺は唖然《あぜん》と口を開けていた。

「ちょ、ちょっと待ってよ!!　なによこの冴えない雄はぁっ!?」

自分を見下ろしていた少女の眉が、不満げにぎゅむりと寄った。

窓から注ぐ月光に煌《きら》めくブロンドは、うっすらと桃色を帯びている。撫《な》でずとも分かるきめ細かい白い肌。髪と同じ色の眉毛をつり上げながら、少女は俺に向かって指を突きつけた。

「こんな奴が魔王なんて、絶対に認めないからねッ!!」

そう叫ぶ少女の声が部屋の中にこだまする。追いついていない頭を必死に回転させながら、自分の身になにが起こったのかを、俺は尻もちをついた冷たい床の上でただただ考えるのだった。

◆　◆　◆

いつも通りの一日だった。いつも通りに大学に行って、いつも通りに一人で昼飯を食って、いつも通りテキトーに講義を聴いて帰路についた。違うところがあったとすれば、四限が教授の都合で休講になったくらいだ。

掲示板を見ながら、やったぜと胸躍らせた。「早く終わったし、ラーメンでも食って帰るか」と、いつもの帰宅路を変えたのが間違いだったのかもしれない。

浮かれていた右足が階段を踏み外して、「しまった」と思った次の瞬間には、俺はここにやって来ていた。

「……なんだ、これ」

早川哲平、大学二年生。まだまだ若輩者ながらも、なんだかんだスーパーで子供に「おじさん、チャック開いてるよ」と言われるくらいには生きた人生。

そんなおっさんとお兄さんの狭間を生きる俺の目の前には、見たこともない景色が広がっていた。

「えっ……いや、ちょ。マジでなんだこれ」

石造りの部屋に月光を通す木組みの窓枠。そこに震える右手の指を乗せながら、俺はパチクリと目を見開いた。

街だ。ひとことで言えば、そこには街が広がっていた。

「が、外国とか、そんな……はは」

嫌《いや》な汗が背中を流れる。ヨーロッパ？　地中海？　なんとなくだが、俺でも分かる。

夢かとも思ったが、そうでないことが実感として嫌というほど伝わってきて。俺は待ってくれと再び眼下を見下ろした。

ポツポツと見える灯《あか》りは、人の営みだ。問題はそれが人間かどうかという話で……。

「異世界よ」

そんな俺の祈るような葛藤《かっとう》を、背後からの声が切り裂いた。

恐る恐る、声の主に振り返る。呟《つぶや》いたのは先ほどの少女だった。

「異……世界？」

「そうよ。私たちは魔界って呼んでる。あんた、そこに呼ばれたの」

腰に手を当てて、少女はあっけらかんと言い放つ。不満げな表情を隠そうともしていない少女を見つめ、俺は助け船を求めるようにもうひとつの人影に目を向けた。

少女の傍《かたわ》ら。モノクルだろうか……片目だけの眼鏡《めがね》をかけた老紳士風の男が頭を下げる。

銀色の髭《ひげ》を小さく震わせて、男は低い声で話し始めた。

「突然のお呼びたて、誠に申し訳ございません。わたくしはこちらに居られます、リリィ・オルセリア・サタナゲート様の執事をさせていただいております、魔界四天王の一人リチャードでございます」

「へっ？」

丁寧な口調でされた自己紹介に、俺は耳を疑った。先ほどから聞こえてきている不吉な二文字に、俺は勘弁してくれとリチャードを見つめる。

俺の困惑を見て取って、リチャードは簡潔に現在の状況を教えてくれた。

「貴方様は、魔界に魔王として召喚されたのでございます」

リチャードの深くも重い眼差しが、その言葉が真実だと告げてきていた。

きっとそれは本当で、俺はそこでようやく、今まで目を逸らしてきた事実を視界に捉えた。

角《つの》だ。リチャードの頭に角が生えている。細く鋭い角が二本、まるで竜のように。見てみれば、ご丁寧に太く鱗《うろこ》の付いた尻尾《しっぽ》まで揺れていた。

リチャードだけではない、俺はリリィと呼ばれた少女にも目を向ける。

「魔界って……」

可愛《かわい》い。そう思った。言われてみれば納得だ。こんな綺麗《きれい》な女の子、地球でなんか見たことない。

美少女とはこういうことだと言わんばかりのリリィの顔。それでも、そんなリリィのお尻からはぴょこんと黒い尻尾が生えていて。

黒いスペードのような尻尾の形に、俺は「悪魔って、本当にいたんだな」と納得した。

「だーかーらー！　こんな奴が魔王なんて認めないって言ってんじゃん！」

黒と白のドレスを着たリリィが、俺を睨《にら》みつけながら指さした。

細く長い指でさされながら、俺はきょとんとリリィを見つめる。

そういえばさっきから、魔王がどうとか。そりゃあ魔界なら魔王の一人はいるだろうが。意味が分からずに顔を上げている俺に向かって、リリィはぎゃあぎゃあと喚《わめ》き出した。

「そもそも！　あんた種族はなんなのよ!?　こんなボヘっとした奴、見たことも聞いたこともないわよ！」

眉を寄せたリリィの顔が、ずいっと近づく。値踏みしてくる視線に、俺はおずおずと声を出した。

「えっと……に、人間……かと」

「ニンゲンんんっ？」

不満そうなリリィの顔が、さらに大きく歪《ゆが》められた。リチャードに振り向き、顎《あご》でくいっと指示を出す。

リチャードは懐《ふところ》から本を取り出すと、神妙な面持ちでページをめくり始めた。

「しばしお待ちを。ニンゲン……ニンゲン」

ペラペラとページをめくる音だけが響き、俺は得体の知れない審査の時間を不安な気持ちでただただ過ごす。

そのうちリチャードの指がぴたりと止まり、その顔が驚愕の色に染まった。

「こ、これは……ッ!?」

目を見開き息を止める。リチャードの緊迫した様子に、リリィが顔を輝かせて声を上げた。

「えっ、なになに!?　実はめっちゃ当たりだった!?」

詰め寄るリリィに、リチャードの呻《うめ》き声が濁《にご》る。しかし観念したのか、リチャードは重々しく口を開いた。

「腕力はエルフ並み。されど魔力をひとかけらも持たず……特殊な能力の一切を有していない」

「は？」

リチャードの声に、リリィの顔がピシリと固まる。なにやら不穏な空気を察して、俺の心臓がバクバクと音を立て始めた。とりあえず、誉められていないことくらいは分かる。

「さ、さすがになんか長所あるでしょ。ほら、他になにが書いてあるかリリィ様に言ってみなさい」

リリィの声に焦りが混じる。不満を通り越した緊迫した様子を、俺はただただ見守った。

ごくりとリチャードの喉が鳴り、おそらく最後の記述を読み上げる。

「唯一の長所。……ち、知能は我々なみ……だそうです」

静かに本を閉じる音がして、リチャードは重々しく目を瞑《つぶ》り天井を仰いだ。

リリィの口があんぐりと開かれる。こちらをさす指がぷるぷると震え、寄っていた眉が泣き出しそうに八の字に歪んだ。

「ふ、ふざっ……」

鋭い目がこちらを睨む。深く息を吸い込んで、リリィは一気に吐き出した。

「ふっざけんなあああああああああああッッッ!!!」

怒号。ビリビリと震える石造りの壁が、音を立ててひび割れる。一瞬意識を持って行かれそうになって、俺は必死に奥歯を嚙《か》みしめた。

ずんずんと、リリィがこちらに歩いてくる。

襟首《えりくび》を摑《つか》まれて、勢いよく持ち上げられた。見た目の華奢《きゃしゃ》さからは信じられぬ、凄《すさ》まじい力だ。

リリィの可愛らしい顔が鼻先に近づくが、喜んでいる余裕は勿論ない。怖い。何歳年下か知らないが、こんな可愛い子なのにとんでもなく怖い。

「外れもいいところじゃない!!　てか、マジありえないんだけどッッ!!」

「ひぃい！　すみませんっ！」

つい謝ってしまった。なにも悪いことはしていないはずだが、人間なのが悪いと言われてしまってはどうしようもない。

謝る俺にリリィは更に眉間のシワを深くした。

「ピィピィ謝るなぁあッ！　あんた自分がなんになるか分かってんのッ！」

「わ、分かってない！　分かってないから！」

必死に無実をアピールする。このままでは殺されてしまうとチビりそうになっていた俺を掴むリリィの腕に、リチャードが手をかけて下ろさせた。

「お嬢様。お気持ちは分かりますが、彼に罪はありません。まずはこちらが誠意を見せるべきかと」

「誠意ぃい!?　こ、この役立たずに、誠意ぃい!?　あんた、私の身にもなってみなさいよ!?」

リリィの言葉にリチャードが複雑そうに眉を寄せる。けれど、俺に説明をするほうが先決だと思ったのか、老紳士は改めて俺に向かって腰を折った。

「数々の非礼、お許しください。けれど、どうか分かっていただきたい」

そう言うや、リチャードは右手をリリィのほうへ広げた。

そこには、眉を寄せ怒り心頭のリリィの眼差し。睨みつけてくる彼女の視線にビクビクしながら、俺は続くリチャードの言葉に耳を疑った。

「貴方様には、ここにいるリリィ様と……結婚して子をなして頂きます」

心底嫌そうなリリィの顔。

いつも通りの一日。そのはずだった。

「い、嫌です……」

ようやく絞り出した言葉を呟いた瞬間、どこからか十二時を告げる時計の音が鳴り響く。

こうして、俺の人生を変える一日目が、終わりを告げた。

◆　◆　◆

豪奢《ごうしゃ》な天蓋付きのベッドに、鏡のように磨かれた床石。

見るからに高級そうな調度品が並ぶ寝室の床の上で、俺は床石の冷たさを感じていた。

「で、なにが嫌ですって？」

ぐにぐにと後頭部を踏む柔らかな感触が伝う。言い返すこともできないまま、ただただ床石に映った自分の顔を見つめていた。

「いや、その……滅相もございません」

なんとかそれだけ絞り出すが、頭の上の足は力を緩めてはくれない。

更に強く顔を床石に押しつけられながら、俺は数奇な自分の運命を想い途方に暮れていた。

「魔界の王女であるこの私と、契《ちぎ》りを結びなさいと言われているのよ。這《は》い蹲《つくば》って土下座して、感謝の言葉を述べるのが当然だと思わない？」

そんな無茶なと、俺は額を擦《こす》り付けることしかできない。リリィが足を組んだのか、解放された顔をちらりと上げる。

睨みつけるように見下ろしてきているリリィの視線に震えつつ、俺は先ほどまでのやりとりを思い出していた。

『貴方様には、こちらのリリィ様と結婚していただきます』

確かにはっきりと、リチャードはそんなことを言っていた。しかも、その後に聞き捨てならないことも。

（け、結婚っていったって……）

突然見知らぬ世界に連れてこられたかと思えば、初対面の女の子と結婚しろだ。到底頭が追いつくはずもないが、それでも俺はちらちらとベッドの縁に腰掛けているリリィを見やった。

（そりゃあ、可愛いとは思うけど）

外見だけで言えば、美少女なんてものではない。テレビの中でもお目にかかったことはないほどの女の子を前にして、しかし俺は意気消沈とばかりに土下座していた。

なにせ、なんの後ろ盾もないままに異国に放り出されたようなものだ。異世界……漫画やラノベで聞いたことはあるものの、いざ現実のものになると不安しかない。話を聞く限り人間は俺しかおらず、この世界がどんなものなのかもさっぱりだ。

こればかりは聞いておかなければと、俺はリリィに恐る恐る質問した。

「あの……俺って帰れたりは……？」

「はぁ？　帰れるわけないでしょ。常識で考えなさいよ」

どうやら帰れないらしい。泣きたくなってくるが、ここで泣いてもしかたないので耐えることにする。

俺の態度が不満なのか、リリィは不服そうに口を開いた。

「ほんと、こんな冴えない雄が私の婚約者なんて、泣きたいわマジで。リチャードはあんなこと言ってたけど、私は絶対にしないからね」

念を押すように言われ、俺は眉を下げながらリリィを見つめた。

しないというのは結婚だろうが、しかしそれは困るというものだ。

なにせ俺のこの世界での人権は「リリィの花婿」であることが保障しているといってもいい。それを失うことは、それすなわち命を失うのと同義である。

ならばなぜ「嫌です」なんて言ってしまったのか、馬鹿正直すぎる先ほどの自分を殴り倒したい。

「なんで私と結婚するのが嫌なのか簡潔に説明しなさい。あんた、このままだと不敬罪で死刑よ」

「え、えぇ……」

滅茶苦茶である。しかし選択の余地などあるわけもないので、正直に答えることにした。

「だ、だって……まだここが何処《どこ》かすらよく分からないし。会ったばかりだし……それに、君だって俺みたいな奴は嫌だろうし」

自慢じゃないが、彼女いない歴十九年。つまりは生まれてこの方できたことはない。

女性経験など皆無で、唯一機会があったのではと思えるのは中学時代だが、「脈ありでは？」とか思っていた彼女は夏休みが明けたら友人の佐藤とつき合い出していた。

高校時代も大学デビューもパッとせず、気づけば大学と下宿先を行き来するだけの生活。いきなりこんな美少女と結婚と言われても、詐欺《さぎ》かなにかとしか思えない。

「ちょっと待って意味分かんない。なにそれ」

「え？　そ、そうですかね」

思い切って本音で話したというのに、リリィは首を傾げながら俺の顔を見下ろしてきていた。

しばし考え、思いついたようにリリィが手を叩く。

「あー！　もしかしてあんた、その歳で雌と交尾したことないとか⁉」

「ぶッ‼」

思わず噴き出してしまった。あんまりな言い方に、狼狽《うろた》えながらリリィを見やる。

リリィはと言うと、意地悪そうな顔で興味深げに俺の顔をのぞき込んでいた。

「へぇー、ふーん。なるほどねぇー」

「な、なんだよ。悪いかよ」

つい素で返してしまった。視線を逸らした俺を見て、リリィが愉快そうにくすくす笑う。

なぜこんなことにと思いながら、俺はリリィからの好奇の視線に耐えていた。

「あんた、あんたの世界でも冴えなかったのねぇ。ほんと、いよいよこれは大問題だわ」

「そ、そんなことないぞ。俺の世界ではこの歳で童貞とか普通だし。ば、晩婚化も進んでるし、そもそも国自体がもうちょっと少子化対策をだな」

焦って変なことを口走ってしまうが、それをリリィはニヤニヤとしながら聞いていた。

そして、なにを思ったのかリリィがとんでもないことを口走る。

「いいわ、あんたと結婚してあげる」

驚いて顔を上げるが、そこには愉快そうに微笑むリリィの笑顔。

その美しすぎる微笑みに、俺はぞくりと背中を震わせるのだった。

◆　◆　◆

「おお！　お二人とも、初めての夜はいかがでしたか？」

翌朝、ニコニコと満面の笑みで出迎えるリチャードに、俺たちはとりあえず愛想笑いを浮かべていた。

「いやーもうやりまくりのナニまくりよ。なんていうかこう、オークもびっくりって感じ。さすがの私もメロメロっていうか」

「ぶッ⁉」

とんでもないことを言い出したリリィに、思わず噴き出してしまう。ギロリと睨まれて、いけないいけないと話を合わせるために姿勢を正す。

昨晩の続きを、俺は今一度思い出していた。

◆

『やったふり？』

『そう、交尾したふり』

『コッ……⁉』

言い方に不覚にも声が裏返ったが、リリィの視線に咳払いしつつ、俺は気にしていないふりをした。

『な、なんでまた』

『なんでって、リチャードが言ってたでしょ？　子をなしてもらうって。世継ぎをつくれってことよ』

リリィの言葉に、なるほどと俺は頷いた。いきなり交尾と言われてたまげたが、考えてみれば当然の流れだ。魔王を異世界から呼ぶといっても、王家の血を絶やさないためには王家の者と子供をつくらなければいけない。

『リチャードの奴、見た目通り頑固だからさ。ここは譲らないと思うのよね。世継ぎが必要ってのは本当だし。……あんま駄々こねてると、「さ、わたくしめの前で！」とか言いかねないわ』

『な、なるほど』

それは俺も避けたい事態だ。初体験が無理矢理アンド爺さんの前なんて、リリィに申し訳なさすぎる。

『だからさ、私考えたんだけど……夫婦のふりしない？』

『夫婦の？』

『そう。正確には婚約者だけど、まぁ似たようなものよ』

リリィの言葉を聞いて、俺はふむと思案した。

子づくりはともかく、リリィと結婚しなければならないのは本当なのだ。ならば現状、仮面夫婦をするしか方法はない。

解決を引き延ばすだけの苦し紛れにも思えるが、なんだかんだで悪くはない気がした。

『要はみんなに「魔王が召喚されましたよー。お姫様とも上手くいってますよー」って言えればいいわけよ。そしたらほら、私もあんたと子づくりする必要はなくなる。あんたも行くあてを心配する必要がなくなる。お互いにとっていいこと尽くしじゃない』

『た、確かに』

リリィの提案に俺は頷いた。考えてみれば、子づくりしてるかどうかなんて他人に分かるわけがない。

『それに、あんたが魔王としてきちんと働きだしたら、それこそ後はどうとでもなるわ。なんなら浮気して別の雌とくっついてもいいわけよ。そしたらほら、私は晴れて自由の身ってわけ』

『な、なるほど？』

そのためには俺が別の子とくっつく必要があるが、そんなことあり得るのだろうか。ただ、俺はこの世界で最もと言っていいくらい位の高い存在になるわけで、そこまでお膳立てされればいくら俺でも結婚くらいはできそうな気がしてくる。

『子供の頃から「お前は次の魔王と結婚するんだー」って言われて嫌気が差してたのよね。そう考えれば、あんたみたいな腰抜けでよかったわ』

嬉しそうにリリィが口を開く。

聞いていると、俺が嫌というよりは決められた相手との結婚が嫌なようだ。考えてみればいきなり現れた相手と結婚して子づくりしろと言われているわけで、そりゃあリリィでなくとも思うところがあるだろう。

『そのためには、私たちの関係を疑われるわけにはいかないわ。仲睦《なかむつ》まじい、ラブラブカップルだと思われなくちゃ』

『ら、ラブラブ……』

言われ想像するが、できる気が微塵《みじん》もしない。新婚どころか、こっちは女の子と手を繋《つな》いだことすらないのだ。

けれど、困惑している俺に向かってリリィはニコリと右手を差し出した。

『よろしくね、テッペイ』

その右手を、俺はおずおずと握りしめた。

◆

というのが、昨日の作戦なわけだが……。

「おおっ！　ということは、テッペイ殿のことを気に入られたのですね！　さすがですテッペイ殿！　いやぁ、魔王様はあちらのほうがお上手とみえる！　あの跳ねっ返りのリリィ様に一晩で気に入られるとは！」

「ハハハ、マァ……ソ、ソーデスネ。ナレテマスカラ」

喜ぶリチャードに乾いた作り笑いで応えるしかない。

慣れているどころか、女性と手を繋いだことすらないとはとても言えない雰囲気だ。むしろ、昨晩リリィに踏まれたのがこれまでで一番の性的な体験だった可能性すらある。

「もう、テッペイの逞《たくま》しさに骨抜きっていうか。こう見えてテクニシャンというか。そういうことだから、不用意に私たちの寝室には近づかないように」

「ええ！　分かっておりますとも！　うう……この爺、感激しております。魔王様関係なく、もはやリリィ様をもらってくださる奇特な御仁などいないのではないかと心配でありました」

右手で涙を拭うリチャードを見て、リリィのこめかみがピクピクとひくつく。笑ってはダメだが、美少女とはいえ王族でこの性格のリリィの貰い手を探すのは案外と難しいのかもしれない。

「と、というわけで私たちはラブラブだから、リチャードはなんの心配もしなくていいわ。ね、テッペイ？」

「って、うわッ⁉」

ぐいっとリリィに腕を掴まれて、感じた柔らかさに思わず払いのけてしまう。びっくりしたようにリリィの目が見開いて、リチャードの目がキラリと光った。

「テッペイ殿、どうなされました？」

「えっ⁉　あ、いや……静電気が、バチっと。いやー、痛かったなー」

腕を振りながら、リチャードに必死になってアピールする。

よもや女性経験のなさが、こんなところで仇《あだ》になるとは。だって、女の子に腕を握られたことなんてないんだもん。

「……本当に、お二人はラブラブなのですかな？」

「も、もちろんですよ！　ラブラブもラブラブ、熱々の熱々で！」

懸命に弁解するが、リチャードの瞳が疑わしいものに変わっていく。どうすればいいんだと、俺は半泣きでパニくった。

「テッペイ!!」

そのときだ、傍らのリリィから俺を呼ぶ声。振り向けば、リリィが両手を広げて俺の顔を見つめていた。

鈍感な俺でも分かる。それはつまり、飛び込んでこいということで。

(え？　いいの⁉)

目を見開いた俺に、リリィはこくりと頷いた。

◆

柔らかい。すごく柔らかい。

それに、すごくいい匂いがする。あと、すごく気持ちいい。

「ちょ、ちょっとテッペイ⁉　大丈夫ッ⁉」

遠くのほうでリリィの声が聞こえる。なんかふにふにと柔らかいものがお腹辺りに当たっていて、俺は「もう死んでもいいや」と少し思った。

「テッペイっ⁉　って、きゃあああっ⁉」

とりあえず、死んだ甲斐はあったかもしれない。そう思いながら、俺はこれからの日々に思いを馳せ、あまりのショックに気絶した。

なにはともあれここに、魔界初の仮面夫婦が誕生したのだ。

第2話 魔界と姫と仮面の生活

ガリガリと引かれる線を俺は不思議そうに見つめていた。

寝室に戻ったリリィは金色に光る燭台を持ち上げると、それを床に向かって押しつけた。ピカピカに磨かれた床石に燭台の先が当たり、音を立てながら床に線が引かれていく。

部屋の端から端まで。一直線に引かれたラインを満足そうに眺めながら、リリィは得意げに胸を張った。

「よーしできたわ！」

ふふんと鼻を鳴らされて、俺は「できたって何が？」と顔で聞く。首を傾げる俺を見やって、リリィはやれやれと腕を組んだ。

「この線が私とあんたの境界線よ。いくら夫婦の真似をするっていっても、プライベートは大切でしょ？　線からこっちのスペースが私で、そっちがあんた」

言われ、俺は足下に引かれた線を見下ろした。アイデア自体に文句はないが、明らかに気になるところが一点ある。

「……なんか、俺のスペース狭くない？」

線からこっち。つまり俺の領土が部屋の五分の一ほどしかない。元々広い寝室とはいえ、ちょっとこれでは狭すぎる。

それに加え、ベッドやらタンスやらといった家具も全て向こうの領土である。こちらの領土にあるものといえば、ピカピカの床石と壁だけ。窓が一つあるのが唯一の救いだ。

「はぁ？　贅沢な雄ねぇ。魔王候補っていっても、あんたはまだ平民で私は王族。これでも随分と譲歩してあげてるのよ？　ほら、優しい私は施しもしてあげるわ」

そう言うと、リリィはひらりと毛布をこちらに放ってきた。どうやらこれにくるまって眠れということらしい。

毛布自体は上等なものなのだが、俺は硬く冷たい床石を見つめて小さくため息を吐いた。

そんな俺を愉快そうに見つめながら、リリィがふふんと鼻を鳴らす。

「まぁ、そこまで言うなら私の領土に入ることを許そうじゃない。テッペイ、ほらマッサージしなさい」

「はい？」

おもむろにベッドに横になると、リリィはとんでもないことを言ってきた。聞き返すと、早く来なさいと急かされる。

仕方がないのでベッドに上ると、リリィは薄い寝間着でごろんと横になっていた。

「ふふふ、光栄に思いなさい。あんたに私の身体《からだ》に触る栄誉をあげるわ」

「栄誉って言われても……」

そう言いながら、俺はちらりとリリィの身体に目を落とした。

薄い生地はほんのりと肌の色が透けていて、そこからくっきり見えるお尻の形に俺はごくりと唾《つば》を飲み込んでしまう。

（い、いいのかな？）

よくよく考えなくてもダメな気がする。リリィとの婚約は仮面で、要はリリィと俺は赤の他人だ。

躊躇《ちゅうちょ》している俺に、リリィが呆《あき》れたように声をかけた。

「あんた昼間、私に抱きつかれてキョドってたでしょ？」

「うぐっ」

痛いところを突かれ、思わず言葉が詰まる。それにため息を吐きながら、リリィはふりふりとお尻を揺らした。

「困るのよね、夫婦のふりしていこうってのにそんなんじゃ。最低限、触れるくらいには慣れてもらわないと」

「な、なるほど」

言われてみれば尤《もっと》もだ。このままではいつかボロが出てしまうだろう。

致し方ないと、俺はリリィの腰辺りに両腕を近づけた。

ぴとりと手のひらが当たり、その感触にぞくぞくと俺は背中を震わせる。

「……な、なに？　どうしたの？」

「いや、ちょっと。感動して」

苦節十九年。お母さんやりました。哲平はついに女の子の身体に触りました。しかもこんなに美少女です。

「お母さんやりました」

「え、ちょ。なに、ほんとになにっ？　怖いんだけど!?」

得体の知れない雰囲気にリリィが焦っているようだが気にしないでおこう。

ひとまず指令はこなさなければと、俺はぐいぐいとリリィの腰を指で押した。

「ど、どうです？」

「あんた、下手くそねー」

リリィの感想に心臓がどきりと跳ねる。下手くそと言われるのがこんなにもキツいものだったとは。

マッサージでこれなのだから、初夜で下手くそなんぞと言われた日には一生のトラウマになりそうだ。

逸《はや》る鼓動を抑えつつ、俺は腰を押す力を少し弱めた。

「あー、いい感じいい感じ。やればできるじゃない」

「そ、そうかな？」

やったぜ。地味に嬉しいぞと思いながら、俺はリリィの腰を揉んでいく。

女の子から褒められるのなんて久しぶりの感覚だ。か細いリリィの腰を押しながら、俺はちらりとリリィのお尻から伸びている尻尾を見つめた。

(そういったらコレ、本当に尻尾生えてるんだな)

人間にはない器官。リリィが人間ではないことが、実感として目の前で揺れている。

リリィは悪魔らしいが、そこからさらに様々な種族に分けられるらしい。言われてみれば尻尾はあるけれど翼なんかは生えていないし、本当に人間の女の子とほとんど変わらない感じだ。

揺れる尻尾を見ていると、いったいどんな感触なのだろうと、ふいに好奇心がわいた。

「えいっ」

「って、うひゃあああっ⁉」

案外硬い。そんなことを思った瞬間、リリィの身体が大きく跳ねる。思わず触ってしまい、その反応に俺もびくりと身を竦《すく》ませた。

「な、なにすんのよッ！　いきなり尻尾触るなんて……この変態ッ！」

「ひぃぃ！　すみません！」

怒りに身を任せたリリィが起きあがって睨みつけてくる。見るとその顔は赤く染まっていて、どうやら無闇に触ってはいけない場所だったらしい。

「あんた経験ないとか言っておいて！　な、なんて破廉恥《はれんち》な趣味してんのよ！　変態！　ど変態！」

「ご、ごめん！　ほんとごめんなさい！」

振り上げた枕が叩き下ろされる。べしべしと高級そうな枕で殴打され、辺りに鳥の羽根が舞い散った。

「この！　この！　どうだったのよ！　私のファーストタッチ奪っておいて！　硬かったか⁉　硬かったのかこのヤロー！」

「ひゃああ！　硬かった！　硬かったですッ！　ごめんなさいいッ！」

リリィの怒号と俺の悲鳴が鳴り響く。

これからの生活を想像して、俺は祈るように身を屈《かが》めるのだった。

◆

ギシギシとあちこち痛む身体に鞭《むち》を打ちつつ、俺は硬い床の上からベッドで眠るリリィを見上げていた。

暴れ疲れたのか寝てしまったリリィの背中を、俺はしげしげと眺める。例の黒い尻尾がゆらゆらと揺れていて、後ろ姿だけでも、反則級のスタイルのよさが伝わってきた。

（魔界……か）

なんとも荒唐無稽《こうとうむけい》な話だ。なんだかんだで受け入れてしまっている自分にもびっくりする。

「テッペー起きてる？」

そのときだ。背中を向けているリリィのほうから、小さな声が聞こえてきた。どうやら眠ってはいなかったらしい。

「起きてるよ。どうしたの？」

「……ちょっと、謝っとこうと思って」

意外すぎる言葉に、俺はきょとんとリリィを見つめた。さっき叩かれたことなら、そもそもリリィは悪くない。

「別にいいよ。俺が悪かったたし、枕だったたから痛くなかったし」

「馬鹿。そのことじゃないわよ」

リリィの返事に俺は首を傾《かし》げる。そのことじゃなければ、いったいリリィは何について謝っているのか。

そんな俺の心境が伝わったのか、リリィは言いづらそうに言葉を続けた。

「その……あんたを無理やり呼んだのはこっちなのに。ハズレとか言って……あんただって、元の世界に帰りたいでしょうに」

驚いた。俺はほんの少し、この子を誤解していたのかもしれない。

「いいよ。なんというか……帰ってとくにやりたいことも会いたい人もいないし」

「そ、そうなの？」

かさりとシーツが動いた。リリィがこちらのほうへと身体を向ける。

「でも……お父さんとか、お母さんとか」

「両親ならいないよ」

どうしたものかと逡《しゅん》巡《じゅん》して、俺はいつもの説明を口にした。今までの人と同じように、リリィの口がぴたりと止まる。

「三年前に事故でね。さっき言ったように恋人もいないし……だから向こうに未練があるわけじゃないんだ。リリィが気に病《や》む必要はないよ」

俺はできるだけ平静を装って、リリィに告《つ》げた。

本音を言えば、未練はある。大好物のラーメンが魔界にあるかは分からないし、楽しみにしていた新作のゲームだって心残りだ。兄弟はいないが、ほどほどに仲の良い友人なら何人かいる。けれど、それを言ってもどうにもならない。リリィの言う通り帰る方法なんてないのだろうし、だったらせめて、今の願いはここで平穏な生活を手に入れることだ。

「そ、そうなんだ」

リリィがぽつりと声を落とす。なぜだかホッとしたような声に、俺はちらりとリリィの顔を覗《のぞ》いた。

「あ、あのね……私も、お父さまもお母さまもいないから。だから……」

そういえばと思い至《いた》る。

一瞬、理由を聞こうとして、俺は思わず苦笑した。今までを思い出して、そりゃあ気になるよなと笑ってしまう。

「じゃあ、一緒だね」

だから、俺はできるだけ優しく口を開いた。

「う、うん」

リリィが俺を見つめてくる。どうやら俺が独り身なのは理解してくれたようで、これでリリィが変に責任を感じることもないだろう。

ちらちらとこちらの様子を窺《うかが》っていたリリィと目が合うと、リリィは再び背中を向けて寝転がった。揺れる尻尾を、俺はくすりと見つめる。

「お、おやすみ、テッペー」

「うん。お休み、リリィ」

可愛いお姫様の隣で目を瞑る。本当は。不安で怖くて仕方がない。

その焦燥《しょうそう》を悟られないように毛布に包《くる》まる。寝て起きたら夢だといいが、そう美味しい話もないだろう。

「……心配しなくても、あんたの居場所は私がつくってあげるから」

ただ、そう不安になる必要はないかもしれない。ぽつりと落ちたリリィの声を聞きながら、俺は眠りへと落ちていった。

◆　◆　◆

「公共事業……ですか？」

次の日、固くなった肩を回しつつ、俺は手元の資料に目を落とした。

見たこともない魔界の文字だが、不思議となにを書いてあるかが理解できる。

リチャードによると、数代前の魔王が異世界から持ち込んだバベル文字という、誰でも読むことができる特殊な文字らしい。

「左様です。テッペイ殿にはこれから、魔王候補として魔王職の仕事を覚えていただかなくてはなりません。来年に予定している姫様の戴冠式《たいかんしき》、それまでになんとしても魔王として一人前になってくださらなければ」

なかなかの無茶ぶりである。ただまぁ、俺の見た目が地味なことはリチャードも気にしているらしく、魔王として国民の前に出る前にそれらしい実績を作っておこうということだ。

そりゃあみんなの前で海を割ったり大地を砕いたりできれば手っ取り早いのだろうが、生憎《あいにく》とそんな魔王らしい技能は持ち合わせていない。

「でもあれですね。思ったより、なんか普通ですね。魔王って言うから、もっとこう天界と戦争とか勇者とバトルとか想像してました」

資料にはやれ財政がどうとか納税がどうとか、事務的な言葉や数字が並んでいる。なんとなく親近感もわくというものだ。

「勿論、この世界にも争いはありますよ。テッペイ殿の想像している、いわゆる天界との戦争。それを勝利で終わらせ、この城下の礎《いしずえ》を築いたのが先代の魔王様……リリィ様のお父上です」

「なるほど。つまり、リリィは英雄の娘ってわけですか」

リチャードの話に納得した。リリィが偉そうなのも分かるというものだ。国を救った英雄、その一人娘があのリリィお嬢様ということらしい。

しかし、同時に昨晩の話も思い出す。リリィの口ぶりからすれば、その先代の魔王様は今はいない。

「リリィから聞いたんですが……先代の魔王様は」

「はい。リリィ様が九歳《ここのつ》のときでございました。私共も驚いたものです。弱みなど、なにひとつ見せぬお方でしたから」

結局、詳しい死因は分からなかったらしい。病気か、或《あ》るいは大戦時の傷が原因か。ただリチャードは「安らかでございました」と口にする。

「どんな人だったんですか？　なんとなく、すごい人ってのは分かるんですけど」

「そうですね、一言でいうならば凄まじいお方でした。まさに一騎当千。ご本人の強靭な力もさることながら、特筆すべきはその魔力です。その膨大な魔力により、全ての魔王軍の兵の力を引き出すことが可能でした。あの方なくしては、魔界の勝利はなかったでしょう」

リチャードの話に、ちょっと目眩《めまい》がしてきた。そんな怪物の次に引き当てられたのが自分という現実に、俺は軽く足をふらつかせる。

一言感想を述べるのならば、戦時中の魔王が俺じゃなくてよかったということだけだ。一代ズレていれば、俺もろともにこの魔界も崩れ去っていたことだろう。

「あ、いえ！　ですが今は平和そのものですし！　戦闘力よりも、求められているものは経済力です！　そういう意味では、テッペイ殿が選ばれたのも偶然ではないかもしれません」

「うう、そうなんですかね」

だといいが、綺麗さっぱり自信はない。大学でもう少し真面目に経済学でも習っておくんだったと、今更ながらに後悔する。

　肩を落としている俺に、けれどリチャードは優しく現状を説明してくれた。

「実際、この国に経済が必要だというのは本当です。天界との戦争、魔界が魔王様の下で一致団結して戦ったのは事実ですが、その魔王様も今はおらず。周辺諸国の中には今や我が国よりも強大になりつつある国もあります」

　リチャードによれば、魔界は今、大小合わせて七つの国によって成り立っているらしい。

　戦争以後、軍事力から経済力の時代に移行していて、どうやらその流れからこの国は一歩出遅れたようだ。

「ここだけのお話、先代の魔王様はその辺りは無頓着なお方でした。なにせ、他国との経済競争に負けそうだという進言をしても『そのときは滅ぼせばよい』と仰るような方でしたから」

「ね、根っからの戦闘民族だったんですね」

　だからこそ戦争に勝てたとも言えるが、戦場の英雄は平和な世界では不要だということだろう。

　根強い人気は勿論あるものの、若い国民の中には現状の王家の政治に不満を持つ人たちも多いようだ。

「目下のところ優先すべきは財政改革と外貨の獲得です。テッペイ殿には、その辺りをなんとかしてもらえればと思っております」

「なんとかって言われても」

　手に余りすぎる課題だ。背中に出てきた脂汗を感じながら、俺は資料に目を落とした。

「期待しておりますよ」

なにをどうすればいいのやら。微笑むリチャードを横目に見ながら、愛想笑いをして俺は手元の資料を睨みつけるのだった。

◆

「コーキョージギョー？」

ティーカップを片手に、リリィはきょとんとした顔を向けてきた。

「リチャードさんに頼まれてさ。俺も魔王になるんだし、そういうこともしていかないと。なんかいい案ないかな？」

「なにあんた、どっかと戦争すんの？　別にいいけど、するからには勝ちなさいよ」

どうやらリリィに聞いたのが間違いだったようだ。英雄の娘さまは、魔王の仕事＝戦争かなにかだと思っているらしい。

「ごめん、リリィに聞いた俺が悪かったよ。ありがとうね」

「ちょ、ちょっと！　待ちなさいよ！　あんた私のこと馬鹿にしてるでしょ⁉」

ティータイムを邪魔しては悪い。そそくさと退出しようとした俺を、リリィが顔を真っ赤にして止めてきた。

振り返ると、なぜか仁王立ちして俺を睨んできている。

「私だって魔王の娘よ！　なんだって聞いてきてみなさいよ！」

「えぇー」

正直、時間の無駄なような気がする。けれどやる気満々のリリィを無下にするのもいかがなものかと思い、俺はリリィの対面に腰掛けた。

「観光資源とか、公共事業で雇用をとかって話なんだけど……分かる？」

「さっぱりこれっぽっちも分からないわね」

言い切られた。ここまで潔いのも羨ましいと思いつつ、しかしリリィは呆れたように俺を見つめてくる。

「ただ、あんたやリチャードが馬鹿ちんっていうのは分かるわよ」

「へ？」

どういうことだと見つめる俺に、リリィは口を開く。

「だってあんた、私たちの世界のこと何も知らないでしょ？　せめて城下町くらいは知っておかないと……その、コーキョージギョー？　もできるわけないじゃない」

「な、なるほど」

リリィの言う通りだった。魔王だ魔界だといきなり言われて焦ってしまっていたが、まずはこの国のことを知らないとどうしようもない。色々とリチャードから資料を読まされてなんとなく知った気になっていたが、やはり自分の眼で見てみるのは大切だ。

考えてみれば、この世界に来てからまだ数日ほど。俺は魔王城から外に出てすらいないのだ。

「まぁ、いいタイミングだわ。ちょうどあんたに渡そうと思ってたものがあるのよ」

「俺に？」

なんだろう。リリィからプレゼントなんて意外な展開だ。

ぽかんとしている俺に、リリィはなにやら手渡してきた。

「これは？」

アクセサリだろうか。手元のものを見つめて俺は首を傾げた。

ネックレスのようだが、しかし装飾品ではなさそうだ。紐になにやら木簡《もっかん》が通っていて、紋章のようなものが描かれている。

不思議そうな顔をしている俺に、リリィは「感謝してよね」と眉をつり上げた。

「あんたの分もわざわざ作って貰ったのよ。それはね、魔王城で働く者にだけ手渡される入城許可証よ。それを首から下げとけば、城でも街でも怪しまれることはないわ」

「おお、なるほど」

言ってしまえば社員証のようなものだ。魔王城で働いているとなれば、この世界では上等な部類なのだろうし。これで身分証明の心配はなくなった。

リリィはリリィで俺の仕事のことをちゃんと考えてくれていたのだ。申し訳なくなってちらりと顔を見てみると、得意げな表情で腕を組むリリィがそこにいた。

「……で？　私に言わないといけないことがあると思うんだけど」

「リリィ様、ありがとうございます」

大げさに、「へへー」と頭を下げて感謝する。それに「よろしい」と満足げに頷いて、リリィは紅茶のカップに口を付けた。

リリィに貰った木簡を見て、やる気がふつふつと湧いてくる。仮面だろうがなんだろうが関係ない。未来のお嫁さんが自分の仕事にここまでしてくれているのだ。俺はリリィに宣言した。

「ほんとありがとうリリィ。大事にするよ。俺、頑張るから」

「ふぇ⁉　いや、別にそんな大切にしなくても……てっ！　近いわよ馬鹿！」

どうやら身を乗り出しすぎたようで、リリィにぺしんと叩かれてしまった。反省しつつ、大人しく席に戻る。

こほんと咳払いを一つして、リリィは「ああ、そうだ」と俺に向き直った。

「魔王を召喚したって噂《うわさ》は流すけどね、あんたは身分を隠しなさい」

「ん？　なんでだ」

どうせいつかはバレるのだ。しかし俺の疑問に、リリィは人差し指を立てて話を続ける。普段のお説教とは違い、至って真面目な声色に俺は姿勢を正した。

「魔王っていうのはね、要はポッと出てきた巨大な政治力よ。勿論、私たちの世界の伝統でありほとんどの人たちは好意的に出迎えてくれるけれど、当然逆もまた然り。消えてほしいって立場の奴らも大勢いるわ」

リリィの説明に、ぞっと背筋が凍る。確かに、言われてみれば俺の存在を疎ましく思う政敵など、それこそ数え上げればキリがないだろう。

「わ、分かった。気をつけるよ」

リリィの声に俺はしっかりと頷く。

しかし、「それもあるけど」とリリィは眉を寄せながら、俺の顔をじっと見てきた。

「それに、あんたみたいな明らかにハズレな雄が魔王だってバレたら、王家の支持率とか下がりそうじゃない」

「そ、そうっすね」

この世界は人間に厳しい。そう思いながら、俺は入城証をしっかりと握りしめるのだった。

◆　◆　◆

「へぇ、思ったより平和そうなところだな」

首から下げた入城証を得意げに揺らしながら、俺は城下町の道を悠々と歩いていた。

石と木で建てられた建物。様々な人たちが行き交う街は、中々の活気に溢《あふ》れている。

「おお、武器屋がある。すげーな、本当にゲームの世界みたいだ」

剣と盾が描かれた看板を発見する。店内には様々な長さや種類の剣が並んでいて、鎧《よろい》を着た獣人のお兄さんがナイフを手にとってしげしげと眺めていた。

（なんの職業なんだろ）

冒険者だろうか。考えてみればゲームとかでは自然と受け入れていたが、武器を買う職業って何があるだろう。そもそも冒険者って職業なんだろうか。

少々慣れたとはいえ、自分はこの世界のことを何も知らない。

（……とりあえず、まずはご飯かな）

文化を知るには食事から。ちょうど鳴いた腹の虫をなだめつつ、俺は流行ってそうな食堂へと足を向けるのだった。

◆

中々に盛況な店であった。

昼時を少し過ぎているにもかかわらず、店内では様々な種族の人たちが談笑しながら食事に興じている。

「あれ？　お兄さん新顔やね。おひとり？」

入り口で突っ立っていた俺に、店員の一人が声をかけてきてくれた。

見てみると、腰に布を巻いたウェイトレスの女の子がにこにことこちらに近づいてくる。

「あ、はい。初めてです」

「ははは！　変な人やな！　好きなとこ座ってええよ。メニューは日替わりの大盛りか普通か。

どっち？」

「じゃ、じゃあ普通で」

変な人と言われどきりとしてしまう。あまりびくびくしていても怪しまれるかと思い、俺は言われたとおり空いている適当な席に腰を下ろした。

（ちょっと荒っぽい店に入っちゃったな）

人気そうだからと入ってみたが、どうも客層が騒々しい。みんな昼間から酒も頼んでいるようで、けれど仕事はあるのかポツポツと休憩を終えて店から出て行く頃合いのようだ。

ものの十分もしない内に、店内には俺と数人の客だけになってしまった。

「はいよ。日替わりの普通ね」

様子を眺めていた俺の目の前に、ごとりと注文の品が置かれる。

木で出来た皿の上にはマッシュポテトのようなものとハムが数枚並べられていて、どうもこれが日替わり定食のようだ。

（思ったよりはうまそうだ）

豪勢というわけではないが、味が想像できる範疇《はんちゅう》の料理に胸をなで下ろす。トカゲだのコウモリだのが出てきたらどうしようと思っていたが、これならなんとか食べられそうだ。

「あ、美味しい」

マッシュポテトを匙《さじ》で運ぶ。しっかりと塩気が利いている芋は、想像以上に食べ慣れた味だった。ハムも、これまた塩気が利いていていてイケる。というか、ちょっと塩分がキツい気もする。どうもこの街の人たちは塩気の強い味が好みのようだ。

「お兄さん、お城の人やろ？」

料理の味を慎重に確かめていると、傍らから声をかけられた。声のほうへ顔を向ければ、先ほど案内してくれたウェイトレスの女の子がにことこちらを見ている。

猫を思わせる獣耳に、可愛らしい人の顔。獣人ではなく人間寄りの亜人の女の子だ。

「え？　あ、はい。そうですけど」

愛嬌の良い少女の顔に、俺は不覚にも照れてしまう。少し意地悪そうに見つめてくる少女の視線は、俺の首から下げられた入城証に向けられていた。

「やっぱり！　ええなー、うちもお城一回でええから入ってみたいわぁ」

少女は羨ましそうに声を上げた。見たところ女子大生くらいの年齢だろうか。耳をピコピコと動かす亜人の少女を俺は見つめた。

「そ、そんなに羨ましいもんかな？」

「あったり前やん。お城で働いてるってことは高給取りやしぃ、それ出城可の入城証やろ？　お兄さんめっちゃエリートやん」

当然のように少女は俺の胸元を指さしてくる。言われて、俺は不思議そうに自分の入城証を見つめた。

当たり前のように衛兵さんに見せて出てきたが、思っていたよりもレアアイテムのようだ。

「これって普通の入城証じゃないんですか？」

「え？　なんなんお兄さん、知らんとそれ付けとるの？」

呆れたように見つめられ、俺は素直に「来たばかりなので」と返事をした。それを聞き、少女がなるほどと頷く。

「それはな、お役人しか下げれん札なんよ。お兄さんエリートやから当たり前や思ってるかもやけど、出入りの業者や清掃のオバチャンなんかは出るときには札を回収されるんやで」

「ああ、そういうことですか」

少女の説明に納得する。これはリリィが俺の身分証として作ってくれたものだから、当然城の外でも使えるようにしてくれていたのだろう。

感謝しながら、俺は入城証を大事に懐に入れた。

「お兄さん、なんの仕事しとるん？」

少女の疑問は止まらないようで、質問が再び飛んでくる。俺はマッシュポテトをひとくち食べながら、どう答えたものかと思案した。

本当のことを言うわけにもいかず、けれど全くの嘘《うそ》も具合が悪い。

魔王の仕事。リチャードは財務処理や公共事業なんかが主な仕事だと言っていた。

「……復興支援というか……景気回復の事業をお城の人から頼まれまして」

盛りすぎたかもしれない。かなり見栄を張ってしまった俺の言葉に、少女の顔がぴたりと固まる。

そして、わなわなと震え始めた。

「な、なにそれ。めっちゃかっこええやん。お兄さん、さては末は大臣かなんかやろ」

「え？　あ、いやどうなんだろ。そんなことないと思うけど」

羨望の目を向けられて、これはまずいですよと慌てて否定する。女の子の前でかっこつけるのは男の性だが、あまり口から出任せもよくない。なにせまだ、なんの仕事にも取りかかれていないのだ。

しかし、少女はすっかり信じてしまったようで、ぐいぐいと俺の腕に肩を触れさせてきた。

「あのぉ、うちネココいいますねんけどぉ。今度どっか遊び行きませんかぁ？」

「そ、それはちょっと」

ぐいぐい来る。物理的にぐいぐいと押しつけられるネココの柔肌に、俺は慌てて身を引いた。

異世界だろうが日本だろうが、積極的な子はいるようだ。

苦手な人種だと、俺は早めに店を出ようと決意する。鞄《かばん》を取り出し、財布へと手を伸ばした俺は、そこで一つの事態に気がついた。

「あっ」

固まる俺を、不思議そうにネココが見つめる。

どうしようと冷や汗を流しながら、俺は鞄の中で日本円しか入っていない財布を握りしめるのだった。

◆

「はぁ!?　お金が欲しい!?」

その夜、俺は呆れたように眉を寄せるリリィの声を聞いていた。

ベッドの傍らに正座して、申し訳ないと頭を下げる。

「あんた、仮にも魔王になろうともあろうものが……さ、酒場の代金すら払えないって。ちょっと考えれば、あんたの世界の通貨が使えないことくらい分かるでしょうに」

「申し開きもございませぬ」

深々と頭を下げる俺に、リリィは「まぁいいわ」とため息を吐いた。全面的に俺が悪いので、俺も素直に反省する。

「王都の酒場でご飯食べて、お金がありませんじゃ袋叩きにされても文句言えないわよ？　よく許してもらえたわね」

「まぁ、そこはなんとか。立て替えてもらえて」

昼間、日本円しか持っていないことに焦る俺を救ってくれたのはネココだった。

固まる俺に「どうしたんや？」と聞いてきてくれたので、少し悪いと思ったが「財布を忘れてきた」と嘘を吐いたのだ。

「立て替えた？　誰が？」

「ウェイトレスの子が」

それを聞いたネココは満面の笑みで胸を叩いた。「ええて、ええて。任せときぃ」と、ツケにしてくれたのだ。その代わり、また明日来てくれと言われてしまった。

「ふぅーん、ウェイトレスねぇ。物好きな奴もいるもんね。……ま、いいわ。踏み倒すわけにもいかないし、ご飯代くらい出してあげるわよ」

「おお、ありがとうリリィ」

恩に着ますと、俺は再び頭を下げる。それに「調子いいんだから」と目を細めて、リリィは小さな袋を差し出した。

受け取り、そのずっしりとした重さにびっくりする。

「うわ、金貨じゃん！　いいのか？　こんなに貰って」

袋の中には金色や銀色の硬貨が何枚も入っていた。この世界の通貨のことはよく知らないが、どこからどう見ても酒場の昼食代にしては高額そうだ。

「そんなもんじゃないの？　庶民の店になんか入らないから分かんないけど。足りないよりマシでしょ。余った分は、まぁお小遣いにでもしなさいな」

「お、おお……ありがとうリリィ」

ツケを払いに行って「足りません」では話にならない。ただ、大金をポンと貰うなんて慣れていないから戸惑ってしまう。残った分は返せばいいと思いながら、俺は懐に袋をしまった。

「それで、そのウェイトレスてのはどんな奴なのよ？　なんか随分と親しくなったみたいだけど」

「ん？　ああ、可愛い亜人の女の子だよ。猫族の」

その瞬間、ぴきりとリリィの額に筋が入った。きょとんとリリィを見ていると、なぜか睨みつけるように俺を見下ろしてきた。

「ほぉーん。へぇー。可愛い亜人の。にゃーにゃー猫なで声の」

「い、いや。にゃーにゃーは言ってなかったかな」

急に機嫌が悪くなったリリィに焦る。どうしたんだろうという俺の視線に、リリィはぷいとそっぽを向いた。

「まぁ別に？　あんたが誰と仲良くなろうが知ったこっちゃないけどね！」

「う、うん」

特段仲良くなったわけではないが。まぁ知り合いがいるというのはいいことだろう。俺は貰った小袋を握りしめながら、猫耳の店員さんへと思いを馳せるのだった。

「あんた、今晩毛布抜きね」

「なんで!?」

◆　◆　◆

「こ、こんなに受け取れませんよっ！」

翌日、再び訪れた酒場でネココがぶんぶんと首を振った。

値段が分からないのでとりあえず払ってみた金貨一枚。それを突っ返されて、俺はマジマジとコインを見つめる。

「これってそんなに高価なの？」

「当たり前ですよ！　金貨ですよ金貨⁉　それ一枚あったら、うちで一月《ひとつき》どころか半年は余裕でご飯食べれますよ！」

ネココに言われ、ぎょっとして俺はコインを握りしめた。辺りを見回し、自分とネココしかいないことを確認する。

混んでいるときに支払いしに行くのもアレかと思い営業前に顔を出してみたのだが、どうやら正解だったようだ。

焦りながら金貨を袋にしまう俺を見て、ネココがその中身に目を丸くさせた。なにせ中には金貨も銀貨もじゃらじゃらと入っているのだ。

「お、お兄さん、マジでなんのお仕事してるんです？　もしかして危ない系の人？」

「大丈夫大丈夫」

とりあえずと、俺は小さな銀の棒貨を取り出した。ネココに渡すと、にっこりと笑って頷かれる。

「これならうちの一月分くらいですよ。お釣り渡しましょうか？」

「ごめん、お願いできるかな」

申し訳ないと頭を下げる。腰に付けたポシェットから、ネココは十数枚の硬貨を俺に手渡した。光が鈍く、表面も薄汚れていて錆《さ》びたり緑色に変色したりしている。日本の十円玉をうんと汚くした感じだ。日本史の教科書に出てきそうな雰囲気だった。

「これ一枚で日替わり一回食べれますんで」

「なるほど。ありがとうね」

聞けば、庶民は金貨や銀貨を使うことはほとんどないらしい。貯金用など財産として所持することはあるが、普段の買い物で使うことはまずないそうだ。

「金貨とか、家買うときくらいしか使いませんよ」

「そ、そうなんだ」

呆れ果てたネココの顔を見て、俺は今後リリィの金銭感覚を一切信用しないと心に決めた。

「実は俺、外国から来たばかりでね。ここの世事に疎《うと》いんだ」

「あー、それでですか。お金とかも国によって違いますもんね」

納得したように頷くネココにほっと胸をなで下ろす。せっかく打ち解けた仲だしと、俺はネココに気になっていたことを聞いてみることにした。

「それで、この街の公共事業とか……そういうのをやってくれって呼ばれたんだけど……実際のところどんな感じなの？」

「んー、ぶっちゃけ厳しいですねぇ。先代の魔王さんの頃は戦争にも勝って景気もよかったけど、今は全然って感じですよ」

あっけらかんとネココは話す。意外な言葉に、俺はきょとんとネココを見つめた。見る限り、活気に溢れたいい城下町のように思えたからだ。

「そうなんだ。活気あるように見えるけど」

「いっても王都ですからね。そりゃあ田舎よりはマシですけど、庶民の懐は淋しいもんですよ。特にあの王女さん？　アレはあきまへん」

出てきた言葉に、心臓がどきりと跳ねた。王女なんて呼ばれるのは、俺の知る限りでは一人しかいない。

「えっと、その……王女っていうと……リリィ姫？」

「あー、そうですそうです。あの人、てんで何もできませんから」

ぴしゃりと切って捨てられ、俺は思わず苦笑してしまった。俺のことを外様《とざま》者だと聞いたからか、ネコは歯に衣着せずに話を続ける。

「例の失言が有名ですけどね、それ以前に何にもしてませんし。まぁ箱入りのお嬢さんに市政を任すのはキツいですよ」

「失言？」

初耳だ。確かにあのリリィなら失言の一つや二つしてそうだが、なにを言ったのだろうか。

不安そうに見つめる俺に向かって、ネココはあっけらかんと言い放った。

「スピーチのとき、不景気のこと聞かれて『お金がないならなんか売ればいいじゃない』って」

「お、おおう」

頭がくらりと揺れた。なにを言ってるんだあの人は。リチャードの苦労も偲ばれるというものだ。

絶対にリリィに政治を任せてはいけないと心に刻み込みながら、俺は痛くなってきた頭で乾いた笑いを浮かべた。

そんな俺の顔を覗き込みながら、ネココがニヤリと笑って顔を近づける。

「お兄さん、もしかしてお姫さんの雇われですか？　そんならうち、お姫さんのこと応援しよかなぁ」

「はは……まぁ、そんな感じです」

濁しながら、俺はどうしたもんかと考え込む。どうもリリィは嫌われているという以前に頼りにならないと思われているようだ。リチャードが新しい魔王に対し意気込んでいるのも、そういう事情もあるのだろう。

思案する俺に、ネココは言い切った。

「ぶっちゃけ、誰もお姫さん自体には期待してませんよ。大臣さんだろうが役人さんだろうが、景気良うしてくれるなら誰でもええんです。部下が優秀ならそれでええんですよ」

「なるほど」

言われてみれば至極もっともで、リリィが敏腕の政治家になる必要はない。それこそ、俺でもリチャードでも、どちらかが目立った成績をあげればそれがそのままリリィの支持に繋がるということだ。

「まぁお兄さんがいますし、これでお姫さんも安泰やわぁ。応援してますから」

「あ、ありがとうございます」

猫なで声のネココに軽く身を引いてしまう。なにやら好意的なものを持たれているようだが、なんとなく危険な感じだということは俺にも分かる。

「いや、でも助かりましたネココさん。ありがとうございます」

「ほんま？　役に立った？」

礼を言われ、嬉しそうにネココの耳が跳ねる。しなだれかかりながら、ネココは指の先を俺の胸元に押しつけた。

「お礼に今度、うちと遊んでくれません？　どっかデート行きましょうよぉ」

「え、いやそれは……その、まずいというか」

イジイジと動かされる指先にどきどきしながら、俺は平静を装ってきっぱりと断ろうと口を開いたのだった。

◆

「それで、デートの約束をしてきたわけね？」

「いやその、デートっていうか、また食べにきますって。それだけっていうか」

その夜、俺は三度《みたび》ベッドの傍らで正座をしてリリィの視線に晒されていた。

ギロリと睨みつけられて、ばつが悪く視線を外してしまう。

「別に、あんたがどこの雌とイチャコラしようがどうでもいいんだけどさ。一応は私の婚約者なわけよね？　そこんとこどうなのよ」

「も、申し訳ございません」

腕を組み、脚も組んだリリィに素直に頭を下げる。店の常連になってウェイトレスと親しくなっただけなのだが、リリィからすれば面白くなかったようだ。

「……決めたわ。あんた、明日私とデートしなさい」

「へぅ？」

突然言われ、間抜けな声を上げてしまった。そんな俺を、ぎょろりとリリィが睨みつける。

「なによ、私とデートするのがそんなに嫌なわけ？」

「い、嫌なわけないよ！　嬉しい！　すっごく嬉しい！」

慌てて「わーい！」と両手を上げる。それを胡散臭そうに見下ろしながら、リリィは眉を寄せたまま言葉を続けた。

「それで、どっちなのよ？」

「え？」

質問され、俺はきょとんと返事をした。どっちと言われても、なにがなにやら分からない。

分かっていない風な俺を見て、リリィはげしりと顔を踏んづけた。

「へぶっ」

柔らかなリリィの足の裏が顔に当たり、思わず声が漏れてしまう。

「だーかーらー、私とその雌猫、どっちが可愛いかって聞いてんのよ！」

「へぶっ、ぶっ！」

げしげしと、リリィの足の裏が連打される。とりあえず逃れようと、俺は至極当然のように答えた。

「可愛いって……そりゃあ、リリィだけど」

「へ⁉」

ぴたりとリリィの足が止まる。

別に、ご機嫌取りのためでもない。ネココも可愛いが、どちらかというと彼女は素朴というかボーイッシュで。好みはあるだろうが、その聞かれ方ならリリィと答えるのが正しいだろう。

「そ、そう。まぁ、当然よね。……いやまぁ、あんたに褒められても嬉しくもなんともないけど」

少し機嫌が直ったのか、リリィはぐりぐりと俺の顔を踏んできた。結局踏まれるのかと思いつつ、俺はリリィの足の匂いをとりあえず嗅いでみるのだった。

第3話　異形の街

「……あんた。もしかしなくても昨日、私の足の匂い嗅いでなかった？」

「ぎっくぅ！」

開口一番、リリィの言葉に俺は身体を震わせた。だらだらと汗を流している俺を、リリィが呆れたような顔で見つめる。

燦々《さんさん》と太陽が照りつける。魔王城の麓《ふもと》に栄える城下町の街道を、俺はリリィと一緒に歩いていた。

「なんというか……あんたってほんとダメよね。向こうの世界でモテなかったのも分かるってもんだわ」

「うぐぅ、返す言葉もございません」

本当に何も言い返せない。しょんぼりと肩を落としていると、追撃をかけられた。

「思えば、マッサージのときも急に尻尾触ってくるし。ほんとマジありえないわ。まさかあんたが、あんなマニアックな変態ヤローだったなんて」

「……ごめんなさい」

あれはどう考えても俺が悪い。思えば尻尾なんて敏感な場所に決まっているし、考えなしに触った俺に全面的な非がある。

けれどもし、言い訳をしていいなら、仕方がないじゃないかとは思う。異種族云々の前に、そういうのが得意な連中はそういう経験を積んだから得意なわけで。なんの経験もない自分に怒るならせめて、そういう経験を優しく教えてからにして欲しい。

「って……ちょ、ちょっと！　そんなに落ち込まないでよ！　なんか私が悪いみたいじゃない！」

「ごめん」

肩を落とす俺に、リリィが「あーもう！」と髪を掻《か》きむしった。

申し訳ないと思った矢先、手のひらが何か柔らかいものに包まれる。

「へ？」

そのままぐいっと引っ張られる。身体のバランスが崩れ、前を見るとそこには俺の手を引くリリィの姿があった。

「ちょ、ちょっとリリィ!?」

「あーもう、うるさい！　これくらいでキョドってんじゃないわよ！」

ずんずんとリリィは王都の街を進んでいく。俺はついて行くので精一杯だ。

ただ、手のひらから感じる柔らかさに、俺は慌てて口を開いた。

「リリィ！　やっぱちょっと！　そ、外だし！」

我ながら情けないことを言ってしまう。けれど、少女に手を引かれる男が一人。行き交う人がチラチラとこちらを見てきて、俺はなんだか恥ずかしくなって顔を赤くした。

「いいの！　あんたは私の婚約者なんだから！　結婚は仮でもね、そこんとこ忘れるんじゃないわよ！」

目を見開く。そして、ぎゅっと握る力が強くなった。

（リリィ……）

揺れる桃色のサイドテール。前を行かれて分からないけど、もしかしたらリリィも恥ずかしいのかもしれない。

この前なんて、マッサージをしたのに。なんなら腰も尻尾も触ったのに。どうしてこんなにも身体が熱くなるんだと、俺は自分の変化に戸惑った。

「あ、ありがとう！」

これだけは伝えないと。そう思い、突き進むリリィに向かって声を張り上げる。

ほんの一瞬だけぴたりとリリィの歩みが止まって、けれどすぐに再び前に進み出した。

更に強く握られた手のひらの温かさを感じながら、俺は魔界のお姫様をしっかりと見つめる。

恐る恐る強く握り返してみた手のひらは、怒られることはなかった。

◆

街行く人々を眺めながら、俺は唖然としてただ口を開く。

右手の温かさに気分をよくしながら、きょろきょろと辺りを見回した。

「それにしても……色んな人がいるな」

「あーったりまえでしょ？　王都よ王都？　魔界の中でもとびきり賑やかだっての」

呆れたようにリリィが言うが、俺が驚いているのは人の多さにではない。なんなら、人の数なら新宿の駅前のほうが何倍も上だ。

けれど、新宿の街で歩いているのは人間なわけで。

「あっと、す、すみません！」

思わず肩がぶつかった人に、俺は全力で謝った。

慌てる俺に、リリィが盛大なため息を吐く。

「はぁあ、この小心者が私の旦那って。勘弁して欲しいわよマジで」

「い、いやだって。あの人……」

言いながら、リリィに言っても仕方がないことに気がつく。

先ほどぶつかった男の人を振り返り、俺はごくりと唾を飲み込んだ。

(ほ、骨？)

怪物の骨。そうとしか表現できない。

まるで恐竜の化石が、そのまま動き出したような。そんな見た目の化け物が、きちんと服を着て歩いているのだ。

彼だけではない。街を行き交う人を見回せば、やれ角だのやれ尻尾だの、翼や触手になんでもござれだ。

まるでＲＰＧの世界。いや、少し違うか。人間は自分だけで、本来ならば敵キャラの彼らは至って平和に日々の営みを送っている。

「うおっ⁉」

傍らを、やけに露出の激しい女性が通り過ぎる。ビキニのような上着からこぼれそうな胸も、今の俺の目には留まらない。

ずるずると大きく長い蛇の尻尾を引きずって行く彼女を、俺は「ほぇー」と見送った。

確か、ラミアとでもいうのだったろうか。セクシーなお姉さんの上半身に巨大な蛇の下半身は、否が応にもここが異世界であることを伝えてくる。

ネコココなんかはまだ人間に猫の耳と尻尾が生えただけだが、ラミアの尻尾なんかはコスプレで通すには本格的すぎる。

「ちょっと、なに他の雌に鼻の下伸ばしてんのよ」

「へっ？」

じとりと、リリィが目を細めて睨んできた。

それが先ほどのラミアの女性を指しているのだと気がついて、俺はぶんぶんと首を振る。

「ち、違う違うっ！　胸じゃなくて、尻尾をっ！」

「はぁー⁉　あんた、あんな蛇女が好みなの⁉　自分は二足歩行のくせして⁉　マジ信じらんない！」

切れ長の目が怒ったように俺を見つめる。リリィは俺と繋がった左手を見つめると、それを思いきり振り払った。

「いつまで握ってんのよっ！」

叩きつけるように振り払われた右手が宙を切る。先ほどまで感じていた温かさが搔き消えて、俺は寂しくなった手のひらを見つめた。

なんともこの世は諸行無常だ。幸せな時間は驚くほどに短い。

「うう、ごめんって」

「ほんとマジ最悪だわ。人がちょっと気を許したら、他の雌に尻尾振って」

ずんずんとリリィが人波をかき分けていく。明らかに機嫌が悪くなったリリィの背中を必死に追いかけながら、俺は異形の人々の行き交う街を進んでいった。

(もしかしてリリィ……ヤキモチ焼いてくれたのかな)

ふとそんな考えが頭を過ぎる。そりゃあ自意識過剰だとは思うが、もしかしたら、ちょっとだけ。

「……あんた、まさか私がヤキモチ焼いてるとか思ってないでしょうね。あんま調子乗ってると叩き出すわよ」

「ソ、ソンナコトオモッテナイヨ」

振り返ったリリィに釘を刺された。やはり浮かれるとろくなことがない。

リリィは仕方なく俺といてくれているだけなのだ。言うほど嫌われてはないのかもしれないが、それを好意と勘違いしては彼女にも失礼だろう。

(でも、女の子と手を繋いだぞ)

これは進歩だ。ここ数日で、加速度的に俺の人生における「一度はやってみたいことランキング」が達成されていっている。この調子で上手く行けば、いつかはもう何個か達成できるかもしれない。

「ふふふふ」

「……大丈夫？　めっちゃ気持ち悪い顔してるわよ」

怪訝そうなリリィの言葉に心を軽く折られながら、俺は魔界の街を婚約者のお姫様と一緒に堂々と歩いていくのだった。

◆

「うわーすごい。リリィだ」

見上げた先の顔を見つめて、俺はあんぐりと口を開けた。

「ふふん、すごいでしょう」

「すごいすごい！　リリィって本当にお姫様なんだなぁ」

得意げなリリィに頷きながら、目の前の巨大なリリィを眺める。

王都の広場。そこにはリリィの銅像がこれでもかと目立つように配置されていた。

煌びやかなドレスを身にまとい、憂いを帯びた表情で立つリリィはまるで童話に出てくるお姫様だ。

現実のリリィと見比べて「銅像のほうがお姫様っぽいぞ」と思ったが黙っておくことにした。俺も成長しているのだ。

「そういったら、今日は地味な格好だね。マスクもしてるし」

「当たり前でしょ、王女が城下町をぶらぶら歩いてたらまずいわよ」

リリィの返事に合点がいったと俺は手を叩く。

今日のリリィはいつものドレスではなく平民のような服装で、顔は布のマスクで覆っていた。簡素なものだが、なんとなくアラビアンな感じで可愛い。

「なによ」

「いや、普通の服も可愛いなぁって」

なんか、リリィを身近に感じられる。豪奢なドレスは確かにお姫様で可愛らしいのだが、平凡な生まれの俺から見れば非現実的なのだ。それに、なんだかんだでドレスよりも身体のラインが出るので目にも嬉しい。

「ば、馬鹿なこと言ってんじゃないわよ。ほら、見たなら行くわよ。あんまりここにいたらバレそうだわ」

それもそうだ。いくらマスクをしていても、リリィの美貌は目立つ。面倒なことになる前にと、俺はリリィと一緒に広場を後にした。

◆

「……異世界から来たあんたから見てさ、この街ってどうなの？」

帰り道、傾いてきた日を浴びながらリリィがぽつりと呟いた。

彼女にしては珍しく真剣な声色に、俺も改めて街を見回す。

亜人に獣人、角に翼に牙に爪。身体の大きさも歩き方も、街行く人たちは皆違う。

行きに見かけたようなラミアの女性が、嬉しそうな顔で狼の獣人と腕を組んでデートしていた。

「いいところだと思うよ。正直言うと、もっと怖くてめちゃくちゃなとこだと思ってた」

なにせ魔界だ。文明度だって地球とは全然違う。

だけど街は至って平和そのもので、こんなにも色々な種族の人たちが暮らしているのに争い一つ見かけない。

そりゃあ難しい問題もたくさんあるのだろうが、けれど俺は今日リリィと一緒に見た街の素直な感想を言葉にした。

「俺の世界じゃあさ、肌の色が違うだけで喧嘩したり。それ考えたら、この世界の人たちなんて何もかもが違うだろ？　いい人たちなんだなって思うよ」

「……そっか。ありがと」

口にして、ぼんやりと「そういえば俺、魔王になるんだよな」と考えた。

思えば大変なことだ。ポッと異世界からやってきただけの俺が、この人たちの上に立つ。いいのかなと思いつつ、少し怖くなって背中が震えた。

「シャンとしなさいよね、ほんと」

「が、頑張ります」

もしかしなくてもリリィは、これを見せるために俺を街に連れ出したのだろう。

凄いなと思いながら、俺はリリィの隣を歩きながら街を眺めた。

異形の者が集う、魔王城の城下町。そこでは猫も喋れば人魚が噴水で遊んでいる。そんな街に、魔王として呼ばれた者がいるらしい。

そいつはどうもニンゲンという大外れで、自分になにができるかを目下のところ模索中だ。

どうしたものか。そう考えていると、ふと指先を柔らかな刺激が触れた。

驚いて見てみると、リリィの右手が俺の左手と繋がっている。

「慣れてもらわないと困るでしょ」

「そ、そっか」

澄まし顔でリリィに言われ、俺は平静を装った。

慣れる日なんて来るのだろうか。果てしなく疑問でしかないことを考えながら、自分の心臓に落ち着けと強く念じた。

争いのない魔界の街で、悪魔のお姫様と手を繋いで歩いている。

もしかしたら、いやしなくても、呼ばれてよかったかもしれないと思いながら、俺は長く伸びる自分とリリィの影を見下ろした。

「ま、私たちの世界でもエルフとダークエルフなんか、しょっちゅう殺し合いしてるんだけどね」

「台無しだなおい」

なぜ今ここでそれを言うのか。切なそうに眉を下げた俺を見て、ケラケラと嬉しそうにリリィが笑う。

なにはともあれ魔王の道は険しそうだが、この子とならば大丈夫な気がする。そんなことを考えながら、俺は左手を少しだけ、ほんの少しだけ強く握りしめるのだった。

◆　◆　◆

「なんというか、想像以上に広いですね」

石造りの豪華絢爛な建物。野球でもできそうな広さの広間を見回しながら、俺は間抜けな声を出した。

何もない空間は余計に大きく見えるようで、向こう側の窓までの距離を確認しながら俺は傍らの老紳士に振り向く。

「これだけスペースがあれば何でもできそうですね」

「左様でございます。問題は、その何をするかですが」

リチャードは困ったようにモノクルを押さえた。

城下町の一等地に存在する巨大な建築物。王宮かと見間違うほどの宮殿めいた建物を俺はリチャードに案内されていた。

「いやはや、お恥ずかしい限り。国費を使い、絢爛な造りにはしたものの、使い道がさっぱりでして」

どうもこの建物、先代魔王が王家の力を誇示するために建てたもので、当初は宴会や祭事に使っていたようなのだが。

「現在は置物になっていると」

「そういうことでございます」

使われていないこともないようだが、それも年に数回。持て余していると言って間違いない。

勿体ないという言葉がぴったりだが、どうしたものかと俺は高い天井を見上げた。

「財政難の現状では新しい箱物を造っている余裕はありませぬ。なんとかここを再利用できればいいのですが」

「なるほど」

そこで俺に意見を聞こうというわけだ。確かに異世界からの知識を以《もっ》てすればいいアイデアが出るかもしれない。

「どうですかテッペイ殿？　なにか妙案は」

「さっぱり思いつきませんね」

俺は神妙な顔で言い放った。そんなこと急に言われても困る。

ただ、この広さがあればなんでもできそうではあるので、俺は腕を組んでリチャードのほうを向いた。

「とりあえず色々考えてみます。なにか思いついたら言うので」

「おお！　それは心強い！　頼りにしております！」

嬉しそうに笑顔を見せるリチャードに、俺はプレッシャーを感じつつも頷くのだった。

◆

「おらぁ！　俺の勝ちだッ！」

「うわ、くそっ！　いいカード引いてやがるッ！」

リチャードと別れた後、俺はけたたましい騒音の中で呆然と突っ立っていた。

目の前では角や牙の生えたお兄さんたちがなにやら盛り上がっているようで。というより目が血走っているようで。正直言って怖い。

「あー！　お兄さん！　本当に来てくれはったんやあ！」

子犬のように怯えていた俺に救いの声がかけられた。振り向くと、ネココが嬉しそうに手を振りながら駆け寄ってくる。

その瞬間、酒場にいた客たちが俺のほうへと睨みつけるような視線を向けた。

「んもう！　来てくれないかと思ってたんですよぉ。ほんま嬉しいわぁ！」

「ハハハ、ヤクソクダッタカラ」

ネココが上目遣いで肩をすり寄せてくる。

ごろごろと猫撫で声のネココは可愛らしいのだが、俺はそんなことよりも殺気をみなぎらせた野郎共からの視線に身を竦ませていた。

「なんだあいつ、ネココちゃんと」

「殺そう」

「ああ、殺そう」

物騒な会話が聞こえてくるが聞こえないフリをした。どうやらネココはここの看板娘らしくて、常連客のちょっとしたアイドルらしい。

そんな子から甘えた声で歓迎されたものだから、俺の立場はライオンの檻《おり》に放り込まれた肉である。というか、客席に普通にライオン頭の人もいた。

殺される。そう思いながらも、俺はなんとかネココに気になったことを質問する。

「なんか、昼間よりも更に盛り上がってるね」

「ああ。うち、夜は賭場《とば》の許可取ってますよって。みんな好きなんですよ」

なるほどと俺は店内を見回した。テーブルには確かに、料理や酒の他にもカードや硬貨が積み上げられている。見たところポーカーのようなゲームに熱中しているようだ。

「お兄さんもどうです？　お金持ちやし、みんな受けてくれる思いますよ」

「いやぁ、はは。僕はいいかな」

大学時代に一人寂しくカジったことはあるが、ポーカーそのままということもないだろう。ルールが分からないようなギャンブルに参加するのはごめん被《こうむ》ると、俺はカウンター席へと歩みを進めた。

「それにしても、本当に人気ですね。大盛況じゃないですか」

「まぁ、お酒もツマミも出ますからねぇ。うちはまだ繁盛してるほうですね」

お酒を頼むとネココは厨房へと戻っていった。店が繁盛すればそれだけウェイターは忙しくなるわけで、流行りすぎるのも困ったものだ。

（ギャンブルか。……んー、俺には合わないなぁ）

ネット対戦で仮想通貨やポイントをやりとりするくらいならともかく、現実の金銭を賭けるのは気が引ける。本番にとことん弱いことは自分がよく知っているので、俺は観客として客席を見守ることにした。

みんな楽しそうである。負けた人は悔しがってはいるが、それで喧嘩が起こるわけではない。粗雑そうに見えて、節度を守って遊んでいる証拠だろう。

「はい、お兄さんの分」

そうこうしているとネココが戻ってきて木で出来たジョッキを目の前に置いてくれた。少し泡立っていて、見た目はビールみたいだ。

「わぁ、ありがとうございます」

「何杯でも遠慮せんでくださいねー」

笑って、そのまま忙しそうに次の客席に料理を運んでいくネココを見送る。なかなかに重いジョッキを口に運べば、甘い風味が口の中に広がった。

「あ、美味しい」

蜂蜜酒《ミード》というらしい。見た目はビールに似ていると思ったが、味自体は少し白ワインに似ている。蜂蜜の風味がまだ残っていて、素直な甘口だ。

ビールは少し苦手なので、俺的にはこちらのほうが飲みやすい。

「うん、うまいうまい」

ちゃんとアルコールも感じられるが、ぐいぐい飲める。度数のほどは分からないが、みんな何杯も頼んでいるようで、これは人気なはずだと俺はジョッキを傾けた。

「うぃー。酔ってきたぞ」

結構強い。ほどよく酔いが回ってきたのを感じながら、俺は魔界での一人酒をしばし楽しんだ。

◆

「で、なんであんたは私との夕食の席ですでに酔っぱらってんのよ」

「本当に、申し訳ございません」

ちょっと顔を出すだけのつもりがつい飲んでしまった。真っ赤な顔で頭を下げる俺を、心底呆れた顔でリリィが見つめる。

白いクロスがかけられたテーブルの上にはステーキのような料理が置かれていて、俺は酔った手でギコギコと肉を切っていた。

「まぁ、別にいいけど。ほんと理解に苦しむわね。お城で夕食が出るっていうのに、わざわざ見窄《みすぼ》らしい庶民の食事を楽しむなんて」

「そうかな？　結構美味しいけどなぁ」

切り分けたステーキを口に運ぶ。うまい。なんの肉かは知らないが、上品な赤身の味だ。他にもテーブルには新鮮なサラダや透き通った黄金色のスープなんかが並んでいる。

どれも日本のレストランで出されても納得の味なのだろう。ただ、なんというか上品すぎて、俺には少し物足りない。肉もちんまりしている。

「なんならリリィも今度一緒に行ってみない？」

「はぁ？　冗談でしょう!?　なんで王族である私が、そんな下品で野蛮な店で食事しないといけないのよ。汚らしい雌猫の匂いが移るってなもんだわ」

リリィの眉が中央に寄ってつり上がる。どうやら本当に嫌らしく、今日のリリィは大変機嫌がよろしくない。

「ほんと、別の雌に尻尾振ってると思ったら、見事に餌付《えづ》けまでされて。婚約者ながら呆れ果てて物も言えないわね。挙げ句の果てに、私の口にまで野蛮な料理を入れようだなんて」

「そ、そんな風に言わなくても」

酷い言われようだ。まるで毒かなにかのような扱いを受ける料理たちが可哀想である。ぷんぷんと怒っているリリィをどうしたものかと俺は見つめた。

「大体、その雌猫の店は賭場なんでしょう？　王女である私をそんなとこに連れて行くとか、信じられないわ」

「あ、やっぱりそうなんだ」

なんとなく、そこら辺のリリィの言い分は理解できた。確かに、ネココの店はお世辞にも綺麗だとは言えないし、リリィでなくても女の子一人で足を運ぶような店ではないだろう。

「貴族の人たちはギャンブルってしないの？」

「ギャンブルぅ？　んー、どうかしら。雄の人の中には好きな人も多いけど、庶民に交ざってしてもつまらないでしょう？　中には屋敷で賭場を開いてる人とかもいるみたいだけど、まぁ物好きね」

なるほどと頷いた。不景気といってもそれは王家の懐事情の話で、稼いでいる貴族や豪商はたくさんいるらしい。ギャンブルの需要は高いというわけだ。

「ん？　まてよ……」

なにか忘れている気がする。そういえば最近、そんな話を誰かとしたような。

「あっ」

ピンと記憶が繋がって、俺は急いでステーキを口に放り込んだ。

咀嚼《そしゃく》して、こうしちゃいられないと席を立つ。

「リリィありがとう！」

「は？」

感謝して部屋を飛び出していく俺を見つめながら、リリィは怪訝そうに眉をより一層深く寄せるのだった。

◆

「カジノ……ですか？」

十日後、俺の提案にリチャードは首を傾げた。

「ええ、国営の賭博場。この前の施設の使い道にはぴったりだと思います」

色々と考えたが、これ以上の案はないように思えた。連日徹夜続きでこしらえた目の下の隈を晒しつつ、俺はリチャードに提案する。

外貨の獲得に観光、それらを一気に解決できる施設としては優秀だろう。

しかし勿論、問題がないわけではなく。

「賭博場というと……ギャンブルですよね？　ふーむ」

リチャードは難色顔だ。それもそのはずで、この国においてはギャンブルとは庶民の遊びだ。ネココの店もそうだが、いくら国の許可を得ているとはいえ、リチャードのような人物からすれば野蛮な遊びであるのは事実だろう。

リリィとの夕食の後、ネココに聞いて城下町の賭場を一通り回ったが、とてもではないが上流階級の人が出入りをするようなところではなかった。中には物好きな金持ちの常連もいるにはいたが、その方たちはあくまでも特殊な趣味人の位置づけだ。

「お気持ちは分かります。リチャードさんからすれば、賭博場は庶民の遊び場でしょうから。でも、俺が想定してるカジノはこういう施設です」

大きな紙を取り出す。広げられた図面を見て、今度こそリチャードはモノクルの奥の目を見開いた。

テーブルの上に広げられた製図用紙。そこには、俺が連日徹夜で引いたカジノの設計図が描かれている。

「これは……テッペイ殿が描いたのですか？」

「ええ。これでも建築科でしたから」

製図は得意なほうだ。バベル語が便利とはいえ、それは俺が読む場合の話。当然、俺はバベル語なんてものは学んでいないので、魔界の人に声以外で伝えるには作図や作画しかない。

図面を見つめながら、リチャードは感心したようにモノクルを指で支えた。

「いやはや、これは。なんとも分かりやすい。わたくしめは建築は素人ですが、なんとなくテッペイ殿のイメージが伝わりますぞ。……連日寝ずになにをしているかと思えば、これを作っていたのですね」

「まだ寸法もなにもないラフ描きみたいなもんですけどね。ちゃんと測れば、もっと精巧になりますよ。……あと、これがイメージ図です」

こちらは本当にただの絵だ。しかし、俺のラスベガスやモナコをイメージしたカジノの完成図にリチャードは目を輝かした。

「なんと豪華な！　とても賭博場とは思えませぬな！」

「でしょう？　庶民ではなく、貴族や豪商を相手にした娯楽施設です。当然、外国の方もターゲットにしてますよ」

ネココから話を聞いたが、やはり王家の懐事情とは別に金をため込んでいる金持ち共はたくさんいるようだった。これを機会に、少しは金を落としていって貰うとしよう。

更に、ここからが肝心なのだが、俺は内心この計画の成功を確信していた。

懐から更に取り出された一式に、リチャードは興味深げに身を乗り出す。

「そして……これがカジノで提供するギャンブルです」

数字とマークが描かれたカード、それにリチャードからすれば用途不明の赤と黒の回転板。

平成の世でも通用する地球産の人気種目は、伊達に年季と調整を経ていない。胴元が旨みを吸い上げる巧妙な確率式と構造は、もちろんこの魔界でも有効のはず。

「皆さんに賭けてもらうんです。俺たちも大勝負といきましょう」

覚悟を決める俺の顔を見つめて、リチャードは満足そうに頷いた。

「分かりました。次代の魔王様がここまでやってくださったのです。この計画を実現させるはわたくしの役目。カジノ建設の大役、このリチャードめにお任せくださいませ」

姿勢を正したリチャードが恭《うやうや》しく頭を下げる。少しは認められたのかもしれないと嬉しく思い、俺は頬《ほお》を緩ませた。

そのときだ。ふらりと、視界が斜めに揺らいでいく。

「あれ……？」

急激に遠くなっていく意識に「やばい」と思いながらも、俺は為すすべもなく膝から床へと崩れ落ちた。

◆　◆　◆

視界が回復する。

ガンガンと頭に響く音と痛みに眉を寄せながら、俺はゆっくりと目を開いた。

ぼんやりと鮮明になっていく景色を見上げながら、それが寝室の天井であることを理解する。

「ほんと、あんたって馬鹿よね」

声のするほうへ振り向けば、リリィの呆れたような顔が見下ろしていた。

どうやらここは魔王城のようで、俺は記憶の糸を手繰る。

「あれ、リチャードさんは？　俺、確かリチャードさんと仕事の話を」

「慌ててあんたをかつぎ込んで来たわよ。もうほんと、無茶はやめてよね。あんたに何かあったら困るのは私たちなんだから」

ため息を吐きながら、リリィは腰掛けていた椅子の背もたれに体重を預けた。

見れば俺が寝ころんでいるのは寝室のベッドで、リリィは傍らの椅子に座っている。テーブルに置かれているのはどうやら水を張った桶《おけ》のようだ。

「ご、ごめん」

「こういうときは、ありがとうよ」

ぴしゃりと注意された。タオルを絞って、額の上に放り投げられる。

冷たい感触が広がって、ひんやりとしたタオルを軽く押さえる。

「ありがとう」

「どういたしまして」

リリィが微笑んだ。相変わらず呆れたように眺められるが、こんどはちょっと嬉しそうだ。

額をさすっている俺をじろりと眺め、リリィは片眉を上げる。

「聞いたわよ。あんた、十日もろくすっぽ寝てなかったんでしょ？　夜な夜な抜け出してなにをしてるかと思えば、馬鹿なんじゃないの」

「うっ、やっぱバレてたか」

あまり心配をかけるのもよくないと、夜はリリィが眠ったのを確認してから作業場に行っていたつもりだったが、どうもお見通しだったらしい。

頑張ったのに馬鹿だと言われるのも切ないものがあるが、実際倒れて迷惑をかけているのだからリリィの言うことも尤もだ。

目線で「なんでそんなに頑張ったの？」と聞かれ、なんでだろうと濡れたタオルを握りしめた。

「なんか……俺にもできることあんのかなって。ほら、リリィのお父さん凄いじゃんか。本当は、ああいう人がやるべきなんだよ」

戦争の英雄。自分には逆立ちしても無理な話だ。勿論、他のことならどうだと言われても、さっぱりできる気はしない。

いきなりやってきた見知らぬ世界で魔王をやれ。考えてみたらとんでもない話だ。

そんな話を何代にも渡って魔界がやってこれた理由など、一目瞭然。

優秀だったのだ。それも信じられないほどに飛び抜けて。今までの魔王が、凄い人たちだったのだろう。

「俺は違う」

ただの、平凡な大学生だ。インターハイで優勝したスポーツマンでも、全国模試で名を馳せた秀才でも、若くしてデビューした漫画家でもなんでもない。

彼女すらできたことのない、真面目だけが取り柄の、そんな男だ。

「あんたって、ほんと馬鹿ねぇ」

リリィの言葉が突き刺さる。ただ、言葉とは裏腹にどこまでも優しいリリィの眼差しに、どきりと胸を震わせた。

足を組み替えながら、リリィはいつも通り呆れたように口を開く。

「あんたにできることって、あるに決まってるじゃない。あんた、自分をなんだと思ってるのよ。あんたは魔界に一人しかいない魔王候補で……私の、たった一人の婚約者よ？」

驚いた。心底驚いて、俺はリリィを見つめる。

「頑張るのはいいけどね、そんな焦らなくても大丈夫よ。ゆっくりでもちゃんとやってたら、いずれはみんなが認めてくれるわ」

そう言うと、リリィは立ち上がって俺の隣に腰を下ろした。

少しベッドが凹んで、リリィのほうへ身体が寄る。

肩が付きそうな距離にどきどきしながらも、俺の耳はリリィの言葉を聞いていた。

「あんただけができることじゃなくていいの。あんただからできることをやりなさい。焦らなくていいし、誰かを頼ってもいい。そしたらほら、それがあんただけができることよ」

綺麗な声だ。

リリィの言っていることは難しくてよく分からなかったけれど、そんな俺でも少しは分かった。

俺にはリリィがいて、リチャードもいて……ネコも、城の人たちだって大勢いる。このまま過ごしていたら、他にもたくさんの人と出会うだろう。

自分にだけできるなんて大層なことはないけれど、それでも、そんな人たちと何かを為すことができたなら、それは間違いなく俺にしかできなかったことなのかもしれない。

「あんた、自分の代わりなんていくらでもいると思ってるでしょう？」

図星だ。実現可能かどうかはともかく、俺より相応しい奴がいくらでもいる。

見慣れた呆れ顔がくすりと笑った。

「そりゃあね、あんたより上手くやれる奴なんて沢山いるわよ。それこそあんたの世界にだって魔界にだって、腐るほどいるでしょうよ」

リリィの身体が近づいた。

ほんの少し、肩が触れ合うくらいの距離だ。

「でもね、そういうことじゃないの。代わりなんていくらでもいることを繰り返して、みんな誰かの特別になっていくの」

どきどきとした鼓動が、リリィに伝わっているような気がした。

「少なくとも私は、あんたでよかったって思ってるわよ」

少し照れくさそうな、リリィの声。俺は信じられないものを見る目でリリィを見やった。

それに「なによその目は」と軽く目を細めて、けれどリリィは再び笑顔で俺を見つめる。

「しょうがないから、今夜は一緒に寝てあげる」

「へ？」

リリィがベッドに乗り込んでくる。薄い寝間着のスリットからはみ出した生足が露わになって、俺はびっくりして顔を向けた。

「病人を床で寝させるほど鬼じゃないわよ。いいから、ちょっと詰めなさいよ」

目をまん丸くしている俺に、リリィはあっけらかんと言い放つのだった。

◆

「なによ、人の顔じろじろ見て」

「いやその……」

なんて答えたらいいか分からずに、俺はどうしようもなく口ごもった。

なにせ「見てなんていないよ」と言えたらいいのだが、これはもう完璧にリリィの顔に見入っていたからだ。

改めて見ると、やはりとんでもなく可愛い。

正直性格も、本当は優しい子だというのを今の俺は知っていて。

それはつまり、俺には刺激が強すぎるということだ。

「あ、今度は目逸らした。ふふ、なによ。私の顔見るの嫌なの？」

「そ、そんなことないけど」

完全にからかわれている。くすくすと笑いながら、リリィは俺のほうへと身体を寄せた。

なにやら柔らかな感触が腕に伝わる。

「そんなことないなら見なさいよ。ほら、見やすいように近づいてあげたわよ」

「う、うぅ」

弄《もてあそ》ばれていた。手玉に取られているのが少々悔しいが、当然ながら悪い気はしない。

それよりも、この柔らかさはどこが当たっているのだろうとそればかりが気になってしまって、俺は心臓の鼓動を速くした。

「ちなみに当たってるのは胸よ」

「……ッ⁉」

驚いた。心が読まれたこともだが、もはやそんなことはどうでもいい。

「なんてね。ほんとはお腹でしたー」

ぶっちゃけそれでもいい。左腕に感じる温かさと柔らかさとで、俺はどうにかなりそうだった。というか実際、どうにかなってていた。

「無茶はダメだけど、頑張ってたのは本当だもん。リチャードも褒めてたわよ。……少しくらい、ご褒美あげる」

リリィが何やら嬉しいことを言ってくれている気がするが、もはや俺の耳には半分以上届いていない。

「ほら、仕方がないからぎゅっとしてあげるわ」

言葉通り、左腕にぎゅっと柔らかな感覚が広がる。

本当はお腹だとリリィは言っていたが、きっといろいろなところが当たっているのだろう。

リリィの前面の感触を楽しむ余裕もないくらい、俺はガチガチに固まっていた。

「まったく、感謝しなさいよね」

口を動かそうとするが、緊張で上手く動かない。代わりに、小さく頷いた。

もちろんしている。こんなにも感謝しているのは、かつての両親を除けばリリィくらいだ。

気がつけば、右も左もわからぬ魔界で出会ったお姫様は、親にも負けないくらいに大切な存在になっていた。

「……ねぇテッペー、ひとつ聞いていい？」

ぽつりとリリィの声が落ちる。

うんと頷く間もないうちに、リリィはゆっくりと言葉を続けた。

「この前さ……あんた、元の世界に未練はないって言ってたじゃない？　あれね、本当のことを言うとすごくホッとしたの」

左腕がじんわりと熱を帯びる。リリィの声が耳に沁《し》み込んでいくように、彼女の語る言葉の意味を俺は考えた。

「あんたってほら、ヘタレだけど……やっぱり優しいじゃない。私たちに遠慮してるんじゃないかって。ニコニコしてるけど、本当は元の世界に帰りたいんじゃないかって……ずっと気になってたの」

やっぱりリリィは優しい。ぎゅっと、腕で強く抱きしめられるのを感じながら、俺はそう思った。

他の人は、そんなの当たり前だって言うかもしれない。それも当然で、なにせ無理やり連れてこられた。

けれどそれはリリィも一緒で、彼女は彼女なりに、いろいろなものと自分の大切なものを天秤にかけている。そして仮面とはいえ、俺のようなハズレ魔王と夫婦になる道を選んでくれた。

だから、せめて正直に答えよう。

「帰りたくないって言えば、嘘になるよ」

その瞬間、びくりとリリィの身体が震える。

なにかをリリィが言い返す前に、今度は俺が言葉を続けた。

「新作のゲームが楽しみでね。子供の頃からやり込んでるシリーズの、四年ぶりの最新作なんだ。昔の人気キャラが再登場するらしくて、誰が出てくるのかわくわくしながら待ってた」

ごろんと身体を横にする。目の前に見えたリリィの顔には、困惑するように「？」が浮かんでいた。

「大学近くにあるラーメン屋のチャーシュー麺が好物なんだ。お金がないからチャーシューを毎回載せられるわけじゃないけど、それでもなんか良いことがあった日は月イチくらいで頼んでた」

段々と、リリィの眉が不安そうに下がってくる。言葉の意味はわからなくとも、なんとなくなにが言いたいかは伝わっている。

俺が、前の世界で好きだったもの。楽しみだったことがこの世界には存在しないと、そんな残酷なことをリリィに伝える。

「でも、いいんだ」

勇気を出して、リリィの頭をくしゃりと撫でた。

サラサラで気持ちよくて、勇気を出してよかったとすぐに思う。

「魔界にないものもたくさんあるけど……こっちには、向こうにないものもたくさんあるから」

例えば、今地球に戻れると言われたら、俺はやっぱり戻ると思う。それでも、きっと悩むと思うのだ。

「リリィがいるからね」

連れて帰れないかななんて、そんな欲目を持つくらいには、俺も少しは成長した。

「ば、馬鹿っ……そ、そんな私とかじゃなくてっ！　世界とか、人生とか……そういう、大事な話をしてんのよ！」

リリィが焦る。顔を真っ赤にしながら、俺はわき腹を殴られた。

「私がいるからって……ば、ばばば、馬鹿じゃないの!?　夫婦っていっても、仮面よ仮面!?　あんたが、そこまで私に肩入れする必要とかないのよ!?」

ガシガシと殴られる。結構というか、かなり痛い。けれど、なんとなく嬉しくて俺は思わず笑ってしまった。

「でも、俺にこんなことしてくれるのリリィだけだからなぁ。しかも可愛いし」

「か、可愛いとか!?　どうでもいいでしょそんなの！」

いや、大切だ。とんでもなく大切だ。大事なことだから二回言っとく。

「あんたね、分かってるの!?　その、チャアシューメンとかいうのだって、もう二度と食べられないのよ!?」

「あー、まぁそうなんだけどさ」

でも、それを言うなら三年前まで大好物だったカップ麺は、ある日突然生産が終了した。大好きだった母が死んだときは、もう母さんの作るカレーライスは食べられないのかと泣いたものだ。

けれど、それでも俺は普通にのほほんと生きていた。

事故に遭って魔界に連れてこられたあの日だって、そのカップ麺のことも母のこともほどほどに頭の隅に追いやって、俺は日常というものを送っていた。

きっと、ニンゲンってやつはそんな風にできているのだ。それが良いか悪いかは置いておいて、ハズレ魔王のニンゲン様にはそれができる。

「リリィと会えなくなるのは、それよりずっと寂しいかな」

前言撤回で、俺はきっと、最終的には魔界に残ることを選ぶだろう。

なにせそれは、事故ではない。自分で選んでこの子の元を去ったとすれば、俺は一生後悔しそうだ。

連れて帰れれば一番いいが、それはわがまますぎるだろうと少し笑った。

「馬鹿……」

俯いたリリィの表情は分からなかったが、いつの間にか優しく抱かれた半身の温かさを、俺は大切に大切に味わうのだった。

第4話　黒猫のウェイトレス

手元を覗き込まれる視線を感じて、俺は横を向いた。

いつの間にかリリィの顔がそこにあって、思わずどきりと胸を鳴らす。隣で一緒に眠ったあの日以来、リリィはなんとなく優しくなった。

「へぇ、器用なもんじゃない」

褒められて、俺は照れくさくなって頬を掻く。

指で回すとくるくる回転するルーレット。赤と黒で塗り分けられた丸板を見て、リリィが不思議そうに首を傾げる。

「ところでなにそれ？　それもギャンブルに使うの？」

つんつんと突っつかれ、ルーレットが小刻みに揺れる。俺は小さな鉄球を取り出すとリリィに見せた。

「ルーレットっていってね、この球がどのポケットに入るかを賭けるんだ。黒か赤かを当てれば二倍、数字を当てれば三十六倍ってなふうにね」

「ふーん、単純ね」

数字はバベル語を採用しているが、作りは地球のものとほとんど同じだ。俺の説明を聞いて、ふんふんとリリィはルーレット板を見やった。

「色当てて二倍ってことは、そのまんまね。数字も36までだし、公平じゃない」

「と思うじゃん？」

予想通りの言葉を貰い、俺はリリィにポケットのひとつを指さした。そこは緑色に塗られていて、0の文字が記されている。

そしてもう一つ、00の緑ポケットもあるダブルゼロ方式だ。

「ここに0のポケットが二つあるだろ？　だから厳密には二分の一じゃないんだよ。数回やったくらいじゃ誤差だろうけど、何百回、何千回とやってれば胴元は必ず勝てるようになってる」

要はこの0に入ったときがカジノの取り分ということだ。勿論0に賭けることもできるが、確率上は関係ない。

すると、説明を聞いたリリィがあんぐりと口を開けていた。どうしたんだろうと顔を向ければ、信じられないものを見たように俺を見つめる。

「そ、それって詐欺じゃない。あんた、顔に似合わずなんてこと考えんのよ」

「いや、そういうわけじゃ」

詐欺と言われて少し戸惑う。別に騙《だま》しているわけではなく、カジノというのはそういうものだ。こちとら慈善事業でやるわけではない。

「つまりそれって、客が賭ければ賭けるほどあんたは儲かるってこと？」

「まあ、そういうことになるね」

現実のカジノではそこに経営における人件費を初めとした諸経費が入ってくるわけで、そこまで単純な話ではないだろうが。その辺りは特に問題ないだろうと俺は思っていた。

別に、箱物があるからと安易にカジノにしたのではない。

「なにせ賭場の管理権を持ってるのは王家だからね。競合店が出来るわけでもないだろうし、独占だよ」

要は国営のカジノだ。ラスベガス等は客の食い合いでカジノ経営も難しいらしいが、今回はそこは気にしなくていい。

「真似てカジノやろうって人が出てきたら、潰せばいいんだよ。許可出さなきゃいい」

それでも黙ってする奴は出てくるだろうが、それは庶民向けの裏カジノだ。そんなものは放っておいてもいい。大事なのは、貴族や豪商向けの高級カジノの独占だ。

俺の話を聞いて、リリィは口をぽかんと開けた。

「え、なに。やだ怖い。あんたって悪い人だったの？」

近づいていた身体が離れ、リリィが不安そうな目で俺を見てくる。

なにやら誤解されてしまったようで、俺は慌てて弁明した。

「えっ、いや。そういうことじゃなくて、国営ってそういうもので」

カジノで稼げれば国費も潤う。そうすればモナコのように税金の面でも国民に楽をさせてあげられるかもしれない。税で優遇すれば、他の経済が発展していく未来もあるだろう。

「あんたもやっぱ雄ってことね。邪魔になる奴はみんな潰すんだわ。……お父様のように」

「いやリリィ!?　ちょっと話聞いて!?」

しかしそれらを説明する前に、なにやらリリィのトラウマに触れてしまったようだ。俺から距離を取るリリィに手を伸ばしながら、懸命に潔白をアピールする。

「ほんと！　大丈夫だから！　そんな目で見ないで！」

「そ、そうやって油断させてたんだわ。ぼへっとした顔して。私も、どうせ用がなくなったら捨てるんでしょう！　そう、お母さまのように！」

いったいリリィの過去になにがあったというのだろう。

戦争の英雄を恨みつつ、俺は数時間かけてリリィの誤解を解いたのだった。

◆

「えっ？　お兄さん賭場作るんですか⁉」

騒々しい酒場の中で、ネココの猫耳がぴょこんと揺れた。

お決まりの蜂蜜酒《ミード》を飲みつつ、俺はすっかり常連となった店のウェイトレスを見やる。

「うん、国営のカジノをね。貴族の人たち相手だから、こういう店には迷惑かけないと思うよ」

「き、貴族の方相手に賭場ですか？　随分と思い切ったこと考えましたね」

驚いた顔のネココの目が丸く見開かれる。やはり高級なカジノのイメージはピンとこないようで、逆にいえばそれだけ今回の計画は斬新だということだ。

「まぁでも、お金持ちの方を相手にした賭場なんて想像するだけでお金が飛び交いそうですね。上手くいったらほんまに凄いことなるかも」

「でしょう？　今頑張って進めてるんですけど、人手の確保も大変ですよ」

その辺りはリチャードが奔走してくれているが、人手が必要だということは雇用が生じているということだ。今回の計画が上手く行けば新しい箱物を作れるかもしれないし、そうなればさらに雇用が動くだろう。

夢が膨らむとネココも景気のよい話に笑顔を見せる。

「というか。そんな大事な話、うちみたいなもんに話してええんですか？」

「まぁ、一応まだ秘密なんだけどね。ネココさんには話しておきたいことがあって」

内緒話をするように小声で話しかける。聞き耳を立てるように近づいたネココに、俺はひとつ声をかけた。

「カジノの設営の目処《めど》は立ったんだけど、ディーラーが足りなくてさ。よかったらネココさんやってみない？」

「う、うちがですか!?」

ディーラーとなれば信用も容姿も大事だ。俺の知る限りその二つを満たしているのはネココくらいだし、なによりカード捌《さば》きが凄まじい。

なにせここの男衆を相手に何年もディーラー役のようなこともやってきたのだ。幾度か賭けを仕切っている姿も見たことがあるが、それはもう立派なものだった。

「お給料は弾むからさ、どうかな？」

俺の提案に、ネココは困惑しながらも、これはチャンスだとばかりに目を輝かせるのだった。

◆　◆　◆

「テッペーは？」

いつも通りの時間に起きてみたら、本来ならば床で寝ているはずのテッペーの姿がどこにもなかった。

お城の中も探してみたけど、朝ご飯もまだだっていうのにどこにもいやしない。

歩いているとリチャードに出くわしたので、私はちょうどいいと聞いてみた。

「おや、リリィ様おはようございます。今日は少しお早いですね」

「いいから、テッペーどこにいるか知らない？」

私が髪もボサボサのまま探してやっているというのに、あいつはどこにいるというのか。

質問に、リチャードは嬉しそうな顔で口を開いた。

「ああ、テッペイ殿なら出かけましたよ。なんでもカジノの寸法を測る作業に参加したいとかで。いやぁ、仕事熱心でいい青年ですな。やはり魔王として呼ばれる者に外れはいないのかもしれませぬ」

「仕事って、こんな早くから？　あいつ昨日も遅くまでなんか作ってたじゃない」

全然私の話を聞いていない。無茶はするなとあれほど言ったのに。

段々腹が立ってきて、しかし頑張っているのは私のためでもあるのであまり怒るわけにもいかない。

「ディーラーも集めてきてくれましてね。特にネココさんと言いましたかな。いやはや、大変優秀な娘さんで。人手不足もなんとかなりそうですよ」

「ネココぉ？」

なんだろう、どこかで聞いた気がする。

それがあの雌猫だと思い出すまでに数秒もかからなかった。

「あいつ……妙に張り切ってると思ったら」

ふつふつと怒りがわき上がる。まさか私に黙って餌付けされた雌猫を引き込んでいたとは。

まぁ確かに、あいつがどこの雌とイチャコラしようと私に口を出す権利はないのだが……いや、ないのか？

「あるわよね？」

「は？　といいますと」

リチャードでは話にならない。

思えば、仮面とはいえ私たちは婚約者。やはり別の雌に鼻の下を伸ばしているなどあってはならない。

ネココとかいう雌猫に会ったことはないが、どうせ向こうからテッペーを誘惑したに決まっている。そうに違いない。

「こうしちゃいられないわね」

庶民の雌猫に格の違いを見せつけてやらねばならない。いや、別にテッペーなんて興味はないのだが、これは雌のプライドの問題だ。

なにか聞きたそうなリチャードは無視して、私は衣装部屋へと走っていった。

◆

「お兄さんお兄さん、見てみてぇー！　めっちゃ可愛い！」

嬉しそうな声が聞こえ、俺は作業の手を止めた。

「あ、ネココさん」

「ふふふー、姿が見えたから来てみたんよ」

「そうなんですか……って⁉」

聞き馴染みのある声に振り向いて、ぎょっと目玉が飛び出した。

俺の表情を見て、ネココが意地悪そうに目を細める。

「ん～？　どうしたんですかぁ？　うちの身体になんかついてますかねぇ？」

「そっ、そんなことないよ！」

ネココのぎゅむりと寄った胸から、びっくりして視線を外す。

なんというか、ネココの格好は凄かった。

「いや、でもびっくりしましたぁ。この衣装デザインしたのお兄さんらしいやないですか。ふふふ、意外とええ趣味してますねぇ」

「そ、それはその！　趣味っていうか！」

大胆に開いた胸元。見える谷間。際どい食い込みから見える生脚は、網目状のタイツで覆われている。

一番の特徴ともいえるトップの耳は、亜人のネココは自前の猫耳だ。

つまり目の前では、バニーガール姿のネココが腰を屈めた状態で俺を覗き込んでいた。

「あの、ネココさん。あんまり屈むと……」

「ふふ、屈むとなんなんですかー？」

注意は逆効果だったようで、ネココは更に屈んで胸元を強調する。

もう少しで胸の先が見えてしまいそうで、俺は慌てて顔を背けた。

「ふふふ、シャイなんやからぁ。ほらほら、あんさんがデザインした衣装ですよー？」

「も、もう！　からかわないでくださいよ！」

ここ数日、ネココはこんな感じだ。

俺の反応に満足したのか、くすくすと笑ってネココはバニー衣装の生地を触った。

「いやでもほら、ほんまにええ服ですよ。露出が多いっちゃ多いですが可愛いですし。生地も本革で、うちこんな上等な服初めて着ました」

「そ、そう？　それならよかったんだけど」

そこら辺は職人さんに感謝だ。俺はあくまでバニーガールのデザイン画を描いただけで、見事に再現してくれたのは街の装飾屋さんである。

確かに俺も本格的なバニーガールを見るのは初めてで、こうして改めて見てみると、扇情的な中にきちんとした高級感が存在する。

「ん？　どうしました？　やっぱおっぱい見たくなりましたか？　別にお兄さんならええですよ」

「ち、違うよ！」

にやにやと胸元の部分を指で摘《つま》むネココに、俺はどぎまぎとしてしまう。

いくら俺でも、ネココが俺に好意らしきものを向けてきていることは分かる。

(ただ、どうにもネココさんは)

なんか怖いのだ。いや、いい人なのは知っているのだが。果たして俺への好意は俺に向けられたものなのか、地位やお金に向けられたものなのか。ぐいぐい来られると、俺のような経験値０のチェリーボーイはどう応えればいいか分からない。

「ふふふ、うちはいつでもええですよ」

なにがだろう。あまり深く考えないほうがいい気がする。

ただ、今はこんな調子でからかってくるが、ディーラーに抜擢《ばってき》されたのがよほど嬉しかったのか、最初のうちは何度も何度もお礼を言われた。

『うちみたいな貧民がのし上がるチャンスですからね。頑張りますよって、期待しててください』

真剣な顔で宣言されて、俺はどきりとしたのを覚えている。

俺へのアプローチもそうだが、ネココはチャンスを摑もうとすることに余念がない。彼女のそれは、眉をひそめる人もいるのだろうけど、俺は素直に凄いと感じた。

(俺も頑張らないと)

言ってしまえば俺は、ネココ以上のチャンスを与えられたわけで。地球が恋しくないといえば嘘になるけど、それで頑張らないのはそれこそ嘘だと思ったのだ。

おかげでリリィに注意されたばかりなのにまた無理をしてしまったが、その辺りは反省していこうと婚約者の顔を思い出す。

◆

ギリギリと嚙みしめた奥歯が欠けそうだった。

「な、なによあれ……！」

物陰から隠れてこっそりと、浮気野郎のあんちくしょうを睨みつける。

でへでへと他の雌に鼻の下を伸ばしきっているかと思えば、相手の雌猫は情婦もかくやという格好で私の雄の気を引いていた。

私と会えなくなると寂しいと言っていたのに。元の世界よりも私を選ぶほどぞっこんですと、そう笑顔で話していたのに。頭とか、テッペーのくせに撫でていたのに。

「あの、泥棒猫めぇ……！」

自分の身体を見下ろす。わざわざ一張羅のドレスで着飾って来てやったというのに、あんなの反則だ。裸のようなものではないか。

褒めてあげようと思ったのに。「頑張ってるようね」なんて声をかけようと思っていたのに。そしたらテッペーも、感激のあまり泣き出すはずだったのに。

「あんな貧民の雌猫に……あんな……ッ！」

見れば、雌猫の胸部にはうっすらとした脂肪の装甲が張り付けられていた。

あんなもん、私に比べれば全然小さい。

「あれだったら私のほうが大きいでしょうが！」

顔を染めて照れている様子のアホたれに念を送る。どうも衣装の隙間から胸を見ようとしているらしくて、あまりの馬鹿さ加減に私は目眩がしそうだった。

ただ、どう見ても雌猫のほうから誘っていることは明白で、やはり諸悪の根元はあの平民だと確信する。テッペーは女に免疫がないのだ。たとえ貧相な痩せ猫だろうと、あんな格好で迫られたら断れないに決まっている。

「いまに見てなさいよ！」

このままにしておくわけにはいかない。私は雌猫に呪詛の念を送った後、こうしちゃいられないとリチャードのもとへと駆けだした。

◆

「うん美味しい」

もぐもぐとステーキを咀嚼しながら俺は頷いた。

お城で出る料理はどれも高級フレンチさながらの味で、といっても高級フレンチなんて食べたことはないのだが、ネココの店といいこの世界で食事に困ることはなさそうだ。

「ご機嫌ね」

晩酌のワインを楽しんでいると、対面から不機嫌そうな声が聞こえてきた。

見れば、リリィが満面の笑みでこちらを見てきている。

直感で察したが、あれは表情通りの笑顔ではない。

「そ、そうかな？　まぁ仕事も順調だから」

ぞっとする何かを感じながら、俺はリリィから視線を逸らした。

なにかやってしまっただろうか。記憶の糸を手繰るが、特に思い当たる節はない。

「あらいいわね。ほんと、楽しい職場で羨ましい限りだわ」

どこかいちいち棘《とげ》がある。これはよほど怒っているに違いないと思うが、本当に思い当たる節がない。

「えっと、その。今度リリィも見に来る？　内装もそろそろ完成で……」

ぐにゃり！

なにかと思えば、俺の目の前でリリィの持つ銀のナイフが粘土のように曲がっていた。

「あらやだ。私ったら」

照れたようにリリィがナイフを引き伸ばして元に戻す。「戻せるものなのか？」と俺は戦慄《せんりつ》しながら、渇いた喉をなんとかワインで潤した。

今日のリリィはどこか変だ。いや、いつも変といえば変なのだが、今日は特別どこかおかしい。

「随分とあの雌猫と親しいようね」

「へ？　ああ、ネココさんのこと？」

ここでようやく、リリィがなにに怒っているか合点がいった。

どうもネココさんにディーラーを任せた件をリチャード辺りから聞いたようで、それがリリィにすれば面白くないのだろう。

「助かってるよ。やる気あるし、すごく張り切ってるから」

「ほ、ほーん？　なんのやる気だか分からないけど」

笑顔が崩れてリリィの片眉がぴくりと上がった。やはりネココさんのことだったらしい。

とはいうもののやましいこともないわけで、俺はどうしたもんかと思案した。

ヤキモチとは思わないが、どうもリリィは束縛の気が強いらしい。仮面とはいえ、夫役の俺が他の女の子と喋るのが気に入らないのだろう。

「大丈夫だよ。俺、リリィのほうが好きだから」

「ぶッ!!」

率直な気持ちを口にすると、リリィがワインを噴き出した。

唖然とした顔でこっちを見てくるリリィに首を傾げる。

「な、なによいきなり！　昼間はあんなに鼻の下伸ばしてたくせに……！」

「昼間？」

はて、昼間になにかあっただろうか。俺はずっとカジノのほうへ出ていたから、城にいたリリィとは会っていないはずだ。

聞き返す俺に、リリィは顔を真っ赤にして言葉を詰まらせた。

「と、とにかく！　あんた今晩は毛布抜きよ！」

「えっ」

俺がなにをしたというのだろう。

しかしリリィは、俺の顔をちらりと見ると、とんでもないことを言ってきた。

「きょ、今日は……し、仕方ないから一緒のベッドで寝てあげる」

夕食を喉に詰まらせて、俺はごほごほと咳き込んだ。

◆

「ど、どうしたんだろリリィ」

落ち着かない居心地の悪さを感じながら、俺は寝室のベッドの上で正座していた。

正座をする必要はないのだが、なんとなく身体が覚えてしまっているのが我ながら切ない。

『いいから！　あんたは大人しく待ってなさい！』

リリィにそう言われたのが数十分ほど前のこと。言うやリリィは部屋から出ていってしまって、俺はわけが分からずこうして座して待っている。

「怒られるのかな……」

おそらくそうに違いない。明らかに怒っていたし。ただ、なのに一緒に寝てくれるというのがよく分からないところだ。

結局、リリィの意図が読めずに俺はただただ不安な気持ちで時を待った。

そのときだ、ガチャリと扉の開く音が聞こえ、ひょこりとリリィが顔を見せる。

「あ、リリィ」

ご主人様のご帰還だ。ちゃんと待ってましたよとアピールしつつ、けれど様子のおかしいリリィに目が留まる。

「リリィ？」

扉から顔を覗かせたリリィが一向に部屋に入ってこない。不思議に思った俺が声をかけると、ようやくリリィは部屋に入ってきた。

そのリリィの姿に、ますます俺は頭の上に疑問符を浮かべる。

「えっと……なにしてんの？」

「う、うるさいわね！　ちょっと待ちなさいよ！」

ここでようやく、いつもの声が聞こえた。

しかし、それにしてもとリリィを見つめる。

白い布。シーツだろうか。それを身体にぐるりと巻き付けたリリィは、ぱっと見は照る照る坊主のようだった。

わけが分からない。なにかの儀式だろうかと目を凝らしている俺の前に、リリィがそそくさとやって来る。

「最初に言っておくけど、あんたってマジで変態ね」

「え？」

いきなり変態と罵られ、俺は思わず呟いた。

さすがに反論しようかと口を開きかけたところで、リリィの身体を覆っていたシーツがはらりと落ちる。

その光景を見た瞬間、俺の心臓は一瞬止まった。

「な、なによ……そんなにじろじろ見て……」

赤面するリリィ。勿論その表情は可愛いのだが、今はそれどころではない。

なにかの見間違いではないかと、俺は目の前の光景をじっと見つめた。

俺の視線に、恥ずかしそうにリリィが身じろぐ。そのせいで布地が寄って、ただでさえ大きな胸が強調された。

大胆に開いた胸元からは谷間がはっきりと見えていて、思わず昼間のネココと比べてしまう。

慌てて視線を下に逸らしたら、食い込み気味の下半身が飛び込んできて、危うく俺は失神しかけた。

「て、テッペー？」

リリィが不安そうに俺の名を呼ぶ。その瞬間、網目状のタイツが一歩こちらに近づいてきた。

太股を覆う魅惑の網は、ともすれば少しはみ出ているお尻もしっかりと覆っている。

ちょっとサイズがキツかったのか、編み目にむちりと押さえつけられたリリィの白い生脚に、俺はくらりと頭を揺らした。

いろいろ言ったが、つまりどういうことかと言うと、バニーガール姿のリリィがそこにいた。

リリィが髪をいじりながら照れくさそうに聞いてくる。

「その、似合ってる？」

あまりに衝撃的なその光景に、俺はただ必死になって首を縦に振り続けた。

◆

ぼへっとした顔のテッペーがそこにいた。

あんぐりと口を開けて、馬鹿みたいに私のほうを見つめている。

（そうよ、それでいいのよ）

完全に私に見入っているテッペーを見て、私は乙女のプライドが守られたことを確信した。

なにせ、こんな情婦のような格好までやって見せたのだ。無反応ではこっちが困る。

(そ……それにしても、この衣装おかしくない？)

恥ずかしさで今にも逃げ出してしまいそうだが、ここで弱みを見せてはなんの意味もない。

というかあの雌猫はこの衣装を公衆の面前で嬉しそうに着ていたわけで、やはり発情期かなんかではなかろうかと思う。

なんか妙にぴっちりしてるし、下半身なんか食い込んでるし。後ろから見たらお尻とかはみ出してるんじゃなかろうか。

しかも聞くところによるとこの破廉恥衣装をデザインしたのは目の前のこいつらしくて、私はこの女の敵をどうしたものかと見下ろした。

「ど、どうしたのリリィ？　ていうかその衣装どこから」

「リチャードに言って一着手配してもらったのよ。急拵えでちょっと胸がキツいけど、そこはまぁ許すわ」

革で出来た衣装の着心地はこれが中々に悪くはなくて、締め付けてくる感じなんかは少し癖になりそうだ。

しかしそんなことよりも——

「ところでテッペー。この衣装、あんたがデザインしたって聞いたんだけど」

「あ、うん。どうかな？　すごく似合ってるよ」

どうしよう。褒められた。しかもすごく嬉しそうな顔で。

「俺の故郷の衣装でさ……えーと、民族衣装っていうか。いや、はは。俺昔から好きなんだけど、リリィ似合うなぁ」

どうしよう。そんなこと言われたら、怒るに怒れなくなってしまった。

てか、こんな衣装でこいつの世界の雌はうろうろしていたらしい。破廉恥ここに極まれりといった感じだ。

「そ、そう？　まぁ、私のスタイルを以てすればこれくらいはね」

本来ならこんな服が似合うと言われても嬉しくはないが、こいつの世界の民族衣装と言われれば話は別だ。それが似合うということは、こいつの心の琴線にもジャストヒットだろう。

「って、違うのよ。本題はそこじゃないのよ」

「へ？」

危うく騙されるところだった。あまりの衣装のアレさに脱線したが、私が怒っているのはそこではない。

昼間の雌猫との情事。それを問いつめてやらねばと私はおもむろに鞭を取り出した。

「ちょ、どうしたのリリィ。む、鞭なんか持って」

ぺしぺしと右手で左手を叩きながらテッペーを威嚇する。テッペーが慌てて、ちょっとその反応にぞくりと来た。

私が言わなくともきちんと正座で待機していて、その辺りは褒めてやってもいい。

「聞きたいのはひとつよ。私とあの雌猫、どっちがこの衣装似合ってるかしら？」

その瞬間、サァっとテッペーの顔が青ざめた。「え？」といつも通りのアホ面でこちらを見上げてくる。

「えっと、あれ？　……も、もしかしてリリィ……その、今日カジノに」

ペシィ！　と鞭を鳴らしてやった。返事はイエスだと伝わったらしく、目に見えてテッペーの顔に焦燥の二文字が浮かんでくる。

「随分とあの雌猫にお熱のようね。堂々と昼間から逢い引きとはいい根性だわ」

「い、いや。あれはですね、ネココさんが」

知っている。どうせあの雌猫のほうから誘っているのだ。しかし、だからといってテッペーに罪がないわけではない。

「これはもう、謝罪だけでは足りないわよテッペー」

「ひぃい！　ごめんなさい！」

焦るテッペー。がばりと私に向かって頭を下げる。

どうしよう、ちょっと可愛い。というか楽しい。

「な、なによ。そんなに謝ってもだめよ」

なんというかテッペーの反応を見ていたら、怒りがちょっと引いてきた。それよりも、どうやってからかってやろうかと私の中の被虐心が顔を出す。

ちょうどよく踏みやすい位置に頭があったので、とりあえず踏んでみた。

「へぶっ」

ぐにぐにと右足で踏んでやる。相変わらず中々の踏み心地だ。

「ふふ、いい様ねテッペー。テッペーの分際で調子に乗るからそうなるのよ。許して欲しかったら、私とあの雌猫、どっちの衣装に興奮したか言いなさい」

「え？　そりゃあ、リリィだけど」

即答された。思わず噴き出しそうになったが、顔は見られていないからセーフだ。

というかこいつ、分かってて言ってるんじゃないかと私はテッペーの後頭部を睨んだ。

「そ、そうなの？」

「だってリリィおっぱい大きいし。なんか脚もむちむちしてるし。なんかもう凄いし」

「な、なるほどね。まぁ、あんな痩せ猫に比べれば当然よね」

素直に言われて満更でもなく感じてしまう。我ながらチョロいなと思いつつ、それだと悔しいので思いきり頭を全力で踏んでおいた。

「へぶぅッ！」

そうそう、それくらいがテッペーにはお似合いなのだ。

◆

「えっ？　そのまま寝るの？」

バニー姿でベッドに上がり込んできたリリィに、俺は驚いて声を出した。

「そうだけど。なに？　嫌なの？」

不機嫌そうに言われて、ぶんぶんと首を振る。嫌なわけはないが、その格好は俺に効く。

当然のようにバニー姿で横になるリリィを見て、俺の心臓がバクバクと音を立てた。

どうしよう。こんなシチュエーション、「死ぬまでにやってみたいことランキング」でも考えてなかった。

とりあえず魔界最高かよと感謝しつつ、けれどこれはまずいですよと平静を装う。

「なによ、そんなにじっと見て」

「ご、ごめんっ！」

慌てて視線を逸らした。

今日のリリィはとにかく変だ。不機嫌かと思えばバニー姿になってくれたり、怒ってるかと思えば一緒のベッドで寝てくれるという。

意図が読めなすぎて、俺は頭の中を「？？？」でいっぱいにした。

そんな風にキョドっていると、くいくいとリリィに袖を引かれる。

なんだろうと振り返れば、リリィの唇が小さく動いた。

「いいわよ、好きなだけ見ても」

心臓が止まったかと思った。

危うく逝きかけた心臓に活を入れつつ、俺は「え？　いいんですか？」とリリィを見つめる。

それにこくりと頷いて、リリィは腕を背中に回した。

軽く胸が強調されて、こぼれそうになっているリリィのバストに俺は心の警報機を鳴らす。

「えっと、その……リリィさん？」

「似合ってる？」

もう脳しんとうを起こすんじゃないかってくらい頷いた。

ちょっとあまりに勢いよく首を振ったものだから、リリィが軽く引いている。

「似合ってる！」

「そ、そう。あんま頭は揺らさないほうがいいわよ、マジで」

とりあえずだ、見てもいいと言ってくれているのだから見たほうがいい。

ここで見ないのはむしろ失礼に当たると思って、俺はリリィのバニー姿を凝視した。

可愛い。というかエロい。なんだこの生き物は。

「可愛い……」

「ふぇっ」

思わず呟きが漏れたが、本当に可愛い。

白い肌はお人形さんみたいで、しかしそれにしてはむちむちと扇情的すぎる。

下半身の食い込みは、なんというかあまり見てはいけない気がして一瞬だけ確認した。……凄かった。

「もう死んでもいい」

「だ、だめよ！　死なないで！」

ぎょっとリリィが目を見開くが、本当に今死んでも悔いはないくらいだ。いやまぁ、あるのだが、それぐらい俺にとっては衝撃的である。

「リリィ可愛い」

「ちょ……もう、そんなに言わなくても分かってるわよ」

リリィが照れた。ただ、満更でもないのか「当然よ」と顔が言っている。

いいのだ。こんなに可愛い子なんだから、むしろ自信を持っていたほうがいい。

「リリィ可愛い」

「ふ、ふふふ。も、もっと言ってくれてもいいのよ？」

調子が出てきたのか、リリィがばさりと髪をかき上げた。その瞬間、ふるりと胸が揺れて、俺は思わずどきりとする。

それが伝わったのか、リリィは上目遣いで「ふ〜ん」と俺のほうをニヤニヤ見てきた。

「しょうがないわねぇ。約束通り、今夜は一緒に寝てあげる」

指でちらりと胸の生地を下げられて、もう少しで見えそうになったアレやコレやに、俺はノックアウトされるのだった。

◆

（ね、寝れない……）

天井の飾り細工を見上げながら、俺は必死になって羊の数を数えていた。

頭の中の羊たちは元気に牧場の柵を跳び越えまくっていて、けれど眠気を誘ってはくれそうにない。

燭台の明かりも消えた寝室。さっさと眠ればいいのに、一向に瞼《まぶた》は重くなっていなかった。

「んぅ……んっ」

理由は単純で、傍らから聞こえてくる吐息のせいだ。

バニー姿で爆睡中の俺の婚約者様は、じつに数十秒に一回という割合で艶《なま》めかしい声と衣擦れの音により俺の睡眠を妨害してくる。

「んんぅ」

眠れるわけがない。

床で寝ていたときは聞こえなかったが、こうして同じベッドで横になっていると耳元で囁かれているのかと思うほどに寝息が気になる。

いや、ただの呼吸音と服が擦れる音なわけで、別にいやらしいものではないはずだが、俺にとっては刺激が強すぎる。

（大丈夫。リリィはただ寝てるだけだ。平常心平常心）

俺が邪《よこしま》な気を起こさない限り、なにも起こるはずがない。言い聞かせながら、けれど俺はついリリィのほうへ顔を向けてしまった。

「ん、んぅ」

こてんと、すっかり寝入ったリリィの身体が寝返った。乱れた衣装に、俺は思わず口を押さえる。

胸の谷間が見えている。生脚が布団を挟んでいる。なんなら太股は全開である。

(お、落ち着けッ！　落ち着くんだッ！)

誰だあの衣装をデザインした奴は。

俺だ。

(天才か俺は！)

いやまぁ、デザインしたといってもバニーガールそのまんまなわけだが、あまりにも似合いすぎているリリィの姿に俺は喝采を送りたかった。

まず、胸が凄い。なにがとは言わないがこぼれそうだ。胸がだ。

ネココの隙間がある故の無防備さもあれはあれで強烈なものがあったが、こちらはストレートに脳味噌をぶん殴ってくる。

荒くなる呼吸を抑えるように、俺は両手で口と鼻を遮った。ひとまずリリィを起こしてはいけない。速くなる心臓に止まれと念じつつ、俺は音を出さないように慎重に深呼吸した。

そのときだ。

「んぅー。ぎゅう」

寝返りを打ったリリィの腕が、俺の腕を引き寄せた。ふにゅりと当たる感触。柔らかな刺激に、思わず身体が硬直する。

「テッペーのあほぉ……むにゃ」

ひぃいいいと声にならない悲鳴を上げてしまった。温かくて柔らかな感触は間違いなくリリィのもので、部分で言えば上半身だ。

革の生地自体は硬めと言えるが、そこから隠しきれていない柔肌が。肌触りのよさと感じたことのない柔らかさに、脳細胞がガンガンに白旗を上げていく。

「あ、あのリリィ？」

「うーん」

勇気を出して声をかけたが効果はない。当たり前だ、寝ているのだから。

そのとき、胸を覆う革のパーツが下にずれた。

「ッッ！！？」

最悪だ。いや、最高なのだが、これはさすがにマズい。

自分の腕が邪魔でよく分からないが、先ほどよりも確かに柔らかな感触が増している気がして、ともすればこれはリリィのアレがああなっている可能性も否定できないわけで――。

(だ、だめだ。自分を見失ってしまいそうだ。こ、このままでは……)

自分が全然信用できない。だってなんかいい匂いがする。衣擦れの音も小さい吐息も、俺の下半身を攻撃しているとしか思えない。

ぶっちゃけそんな度胸あるわけなんてないのだが、理性が耐えれる保証もない。

なにせ、美少女と同衾《どうきん》。そしてなぜかバニーガール。人生で考えたこともないシチュエーションだ。お金を払う関係すら怖くて手が出せないでいたのに、いきなりこれはハードルが高すぎる。

「だ、だめだ。可愛すぎる」

悪魔どころか天使のような寝顔で眠っているリリィの顔を盗み見て、俺は逃げるようにその腕を振り払った。

◆　◆　◆

「……なにしてんのあんた？」

朝。小鳥の鳴き声とともに起床して、私は第一に眉を寄せた。

隣で寝ていたはずのテッペーの姿は無く、なぜか床の上で丸くなっていたからだ。しかもよく見れば、毛布でぐるぐると自分の身体を器用に縛っている。

「いやその、なかなか寝付けなくて」

赤く目を腫らしたテッペーが「おはよう」と言ってきた。返しながら、呆れたように自分の婚約者を見下ろす。

わけが分からない。あんなに恥ずかしいのを我慢して同衾を許したのに、なんでこいつは相変わらず床石の上で寝ているのか。

本当に雄なのだろうか。こんだけ頑張っている婚約者が横で無防備に寝ているわけで、ここはむしろ手を出すのがマナーみたいな感じだと思う。

いやまぁ、来たところで許すわけじゃないんだけど。

「あんた……私に変なことしてないでしょうね？」

「大丈夫だ。誓ってなにもしていない」

キリっとした顔で答えるテッペー。どこかやり遂げた表情なのはいいとして、私は自分の衣装を探ってみた。

ペタペタと、自分の身体を確認する。多少乱れてはいるがそれは寝返り等が原因だろう。脱がされた形跡もなく本当の本当になにもされていない。

「いやまぁ……いいんだけどさ」

私はテッペーを睨みつけた。

あんなヘタレな雄などごめん被る。しかしひとつ言えることは、せっかく頑張って着てやった破廉恥な衣装はどうも不発に終わったということだ。

別になにがしたかったわけでもないが、鼻の下を伸ばしてきたら踏みつぶしてやろうと思っていたのに。

「むかつく!!」

「なんでッ!?」

ただ、なんか負けた気がして、私は枕をテッペーの顔面にぶん投げた。

◆

「本当に付いてくるの？」

「なによ、私がいたら不都合でもあるわけ？」

刺々しいリリィの声が響く。困ったことになったぞと思いながら、俺はカジノへの道を歩いていた。

別にやましいことがあるわけではないが、なにせリリィだ。トラブルしか思い浮かばないと俺は汗を流す。

「例の雌猫の顔を近くで拝んでやらないといけないでしょうよ」

「いやほんと、勘弁してください」

どうやらなにか起こるのは確定のようで、ずんずんと歩いているリリィに俺は肩を落とした。

仕事ぶりを見に来てくれるのは素直に嬉しいが、そう喧嘩腰だと困る。

「安心なさい。私は節度は弁《わきま》えてるから。仕事の邪魔はしないわ」

「ほんとかなぁ」

胸を張るリリィは得意げだ。というか、カジノまでの道のりで既に目立ちまくっている。

なにせ舞踏会にでも行くのかというようなドレスを身に纏い、ハイヒールで城下町を闊歩しているのだ。そりゃあ美少女関係なく道行く人は振り返る。

「王女様だ」

「ほんとだ、なにしてんだろ」

ぶっちゃけ思い切りバレてしまっていて、あのお忍びデートはなんだったんだろうと俺は思った。

ただ、久しぶりの城外にリリィ自身はご機嫌なようで、楽しそうに街並みに目をやっている。

「テッペー！　見てみて！　屋根に鳥がいるわよ！」

「……そりゃあ、いるんじゃない？」

睨まれた。どうやら返答を間違ったようで、これが恋愛シミュレーションなら好感度はマイナスといったところだろう。

「なによ。私と一緒なのがそんなに嫌なの？」

ぷくっと頬を膨らませてリリィが睨んでくる。可愛い。

ともあれ女の子の扱いは難しいと俺は息を吐いた。

「嫌なわけはないけどさ。その……いいの？　思い切りバレてるけど」

「いーのいーの。もうあんたと一緒にいてもお付きにしか思われないだろうしさ、問題ないわ」

そんなものなのだろうか。現に街行く人の中には俺のほうを興味深げにじろじろ見ていく人もいるようで、あまり王女様が見知らぬ男と二人きりというのはよろしくないのではと思う。

「あ、ここがカジノだよ」

「知ってるわよ。昨日来たって言ってるでしょ」

そういえばそうだった。というか、つまり昨日リリィは一人でここまで来たわけで、それはどうなんだと俺はリリィを見つめた。

リリィが一人で城の外に出るなんてリチャードが許すわけもないのだから、つまりはこのお転婆姫は勝手に城を抜け出したということになる。

きょとんとした顔で見返され、とりあえず注意しておいた。

「あのさ、あんまり一人は危ないよ。ただでさえリリィ可愛いんだから」

「なッ⁉」

リリィの口が栗形に尖った。加えて言えば王女なわけで、せめて護衛ぐらいは付けてくれと念を押す。

いやまぁ、現に今襲われたとして、俺になにができるのだとは思うが。

「俺じゃなかったらリチャードさんに言うとかさ。分かった？」

「わ、分かったわよ。うるさいわね」

なにやら照れたようにそっぽを向くリリィに呆れつつ、俺は前途多難な今日の職務に想いを馳せた。

◆

「私の、テッペーが、お世話になってます」

「あらほほほ、これは可愛らしいお姫さんやわぁ」

数分後、案の定広がってしまった光景に俺はだらだらと背中の汗を流すのだった。

第5話 ヒーローのように

どうしてこんなことになったんだろう。

両脇に感じる柔らかな感触に困惑しながら、俺は魔界の空を見つめていた。

「ちょっと！　テッペーにくっつかないでくれる⁉　貧民が移るでしょ！」

「なんですかそれ。そっちこそ関係者以外は立ち入り禁止ですよって」

俺の両端では二人の美少女が俺を取り合っていて、それ自体はとんでもなく素敵なことなのだが、問題なのは二人が俺を物理的に取り合っているという点だ。

右腕をリリィに。左腕をネココに引っ張られながら、俺は為すすべもなく畑のカカシのようになっていた。

「テッペー！　こっちに来なさいよ！」

「お兄さん、こっちです！　こっちぃ！」

ギリギリと俺の腕が悲鳴を上げている。特にリリィの腕力はすさまじく、なんかもう筋繊維やら皮膚やらが音を立てているような気がした。

躊躇のない二人の引っ張り合いに、このままでは裂かれてしまうと俺はたまらず申告する。

「リリィ痛い！　腕ちぎれる！」

その瞬間、ハッとしたネココが手を放し、俺はリリィの上へと倒れ込んだ。

いきなり押し倒されてリリィが驚いたように赤面するが、すぐに俺の右腕を持ち上げると高らかに勝利を宣言する。

「やったー！　私の勝ちー！」

「ちょ、ちょっと！　今のはうちが勝ちの流れでしょう！」

ネコの申し入れに「？」とリリィが首を傾げる。私が引っこ抜いたんだから私のもんだというように俺をリリィは抱き寄せた。

「なに言ってんの？　あんた手放したじゃない。馬鹿なの？」

「いやだから！　お兄さん痛がってましたやん！」

指摘を受け、なんだそんなことかとリリィは得意げに胸を張った。ポンポンと俺の頭を叩き、満足そうに口を開く。

「よく我慢したわテッペー。褒めてあげる」

リリィ流の大岡裁きの判決にネコもあんぐりと口を開けた。だがまぁリリィらしいといえばリリィらしい。

「普通は！　好きな人の身を案じるんですぅ！」

「そんなの知らないわ。たとえ腕がもげようとテッペーは私のモノよ」

ふふんとリリィが勝ち誇る。

ぎゃあぎゃあと騒ぐ二人の喧噪を聞きながら、俺はとりあえず仕事をさせてくれと晴れた魔界の空に思いを馳せるのだった。

◆

「……なんですか？」

不機嫌そうに見つめてくる猫女に、私は海よりも深い寛大な心で話しかけた。

「あんたテッペーのこと好きなの？」

「はぁ？」

猫女が呆れたように眉を寄せるが、こいつの魂胆は見えている。

作業に戻った私のテッペーを見つめながら、私は腕を組んで言ってやった。

なにをやっているかは分からないが、どうやら周りの者たちから頼られているようだ。初めはとんだヘタレだと思ったが、なかなかどうしてマシになってきている気がする。

「どうせあれでしょ？　貧民が好きな……玉の輿《こし》？　そういうのでしょ」

猫女の身体がぴたりと止まる。図星だ。

ふふんと胸を張って、私は勝ちを確信した。卑しい貧民の考えそうなことだ。この事実を突きつければ、女に疎いテッペーも目を覚ますだろう。

「……まぁ、初めはそうですけど」

「認めたわね。ふふ、まさに泥棒猫って感じね！」

はい勝ったー！　これはもう完璧完全に私の勝利というものだろう。

しかし、「やはりテッペーには私しかいないわね！」とふんぞり返っていると、なぜか優しげな瞳で猫女が私を見つめてくる。

「なによ？　言い訳なら聞いてあげなくもないわよ」

「いや、ほんとにお姫様なんやなぁって」

呟かれ、なにを言ってるんだこいつはと私は見返した。

私が王女なんて、生まれたときから決まっている。

「お金持ちって、すごいんですよ？」

「はぁ？」

今度は私が口を開く番だ。そんな当たり前のこと言われても、なにが言いたいのかさっぱり分からない。

「生まれもありますけどね……それでも、親の財産継ぐのも大変です。それが貧民から成り上がろうってんなら尚更」

誰に言っているのか、猫女は私を見ずにどこか遠くを眺めながら言葉を続けた。

それが、聞いておいたほうがいいことのような気がして、私はなぜか猫女の声に耳を澄ましてしまう。

「思うに、お兄さんは貧民の出や思うんですよ」

どきりとした。確か、テッペーがそんなことを言っていた。

テッペーから聞いたのだろうか。いや、そうではないと猫女の口振りが言っていた。

「お兄さん優しいですよって……運やろうな思います。実力とか競争とか、そういうんじゃないんやろうなって」

それも当たりだ。テッペーがこの魔界にやってきたのは、完全なランダムなのだから。

なにやら得体の知れない胸騒ぎを感じて、私は猫女の顔を覗き込んだ。

「頑張ってるやないですか。優しいし、なによりうちを見つけてくれはりましたし。……好きになるには十分ですよ？」

素顔で言われたその言葉を聞いた瞬間、なにか言い返そうと口を開く。

しかし、なにも出てこないことに気がついて、私は愕然とネココを見つめた。

「て、テッペーは私のモノよ！」

なんとかそれだけ絞り出して、けれど空しく響くその言葉に私は焦りを覚えていた。

「……さいですか。うちなら、自分をお兄さんのものにして欲しいですけどね」

それだけ言うと、猫女は「それじゃ」とカジノに戻っていった。

テッペーにはわき目もふらず、自分の持ち場に戻っていく。

「……な、なによ！」

なんだかどうしようもない感覚に侵されて、私はその場に立ち尽くした。

◆

「どうしたの？」

帰り道、いつもよりも随分と大人しいリリィに俺は首を傾げて声をかけた。

不機嫌なわけではなく、ただ黙って俺の横を歩いている。

「……別に」

ぷくりと頬を膨らまして、リリィが軽く下を向いた。

怒っているのかとも思ったが、どうもそうではないらしい。

(ネココさんとなにかあったかな……)

二人きりにしたのはまずかったかもしれない。けれど、考え込んでいる様子のリリィは苛立っているような感じはなく。

なんだろうと思っていると、不意に左手に柔らかな感触が当たった。

「リリィ？」

それがリリィの右手だと気づくのに時間はかからず、無言で握ってくるリリィの手を俺は困惑しながらも握り返す。

「……手、握る」

「握ってるよ」

本当にどうしたんだろうと思いながら、けれど嬉しい出来事に、俺は魔王城までの歩みを少し遅くするのだった。

◆　◆　◆

リリィの様子がおかしい。

いやまぁ最初から変わった子ではあるのだが、最近の様子は明らかにおかしい。

「……じぃ」

今も、バレているとは気づいていないのか、今朝からずっと俺の後ろを付いてきて物陰から監視している。

ここ数日あんな感じだ。思い返せば先日リリィがカジノの現場に付いてきてからで、やはりネココとなにかあったのだろうかと思う。

（ネココさんも気が強いからなぁ。なんか言われたのかな）

心配だ。リリィはあれで箱入り王女だから、他人からガツンと言われる経験は皆無だろう。対してネココは、たとえ王族相手だろうと容赦はなさそうだ。

「はぁ」

よく言えば二人の女の子が俺のために争ってくれている。夢にまで見たシチュエーションだ。ただ、現実はどこまでも複雑で、経験値０の俺にはどうすればよいか皆目見当もつかない。

「えっと……リリィ？」

「⁉」

弱った顔で振り向けば、壁から顔を覗かせていたリリィが驚いたように身を跳ねさせていた。

あわあわと動揺し、さも偶然居合わせたかのように取り繕う。

「あ、あらテッペー偶然ね。今日はカジノには行かないの？」

「今日は現場は定休日だよ。休むのも大事だからね」

現状を考えれば一日でも早く完成させたいところではあるが、それで焦ってしまえば本末転倒だ。

ブラック労働の行く末を、自分は嫌というほど日本という国で学んでいる。

きちんとした休暇と給与。それが出来てこその公共事業というものだ。

俺の話を聞いた途端、リリィの顔がパッと華やいだ。

「貧民に休みをあげるなんて、やっぱりテッペーは優しいわね」

ふふんと、どこか満足そうに胸を張るリリィ。

そんなリリィを、俺は苦笑しながら眺めた。

「いや、当たり前だと思うけど。というか今までが厳しすぎだよ」

魔界では奴隷制度は何代か前に禁止になったらしいが、それでもその名残が各所に残っている。

というか中途半端に奴隷制度を廃止したせいで、資産価値をなくした労働者への待遇が以前よりも悪くなった感じだ。

それは国営の事業でも顕著で、この辺りのブラック化は魔界も日本も同じだなと俺はため息を吐いた。

「貧民なんて働かせるだけ働かせて、ダメになったら取り替えたらいいのよ」

「はは、耳が痛い話だよほんと」

そんなことをやってきて、大変なことになった国を俺は知っている。まぁ俺の故郷なんだけど。

今や魔界も売り手市場。カジノの人手を募るのに苦労したように、街の人たちの王家に対する疑念は積もっている。

そういう風潮の是正も今回のカジノの大事な役割というわけだ。

「待遇良くしてみんなのやる気上げて、そうやっていい人雇って仕事して貰わないと」

懐事情は厳しいが、ここでケチっても仕方がない。競争相手は国内にもいて、貴族や豪商との勝負に負ければ待っているのは王家の破滅だ。

経済なんて素人な俺だが、なんとか聞きかじりの知識で頑張るしかない。

「……リリィ？」

不安に押しつぶされそうになっていると、リリィがぷるぷると震えていた。

不思議に思い声をかけると、よろよろと俺から距離を取って指を差す。

「そ、そうやってお金でみんなを釣って……骨の髄までしゃぶり尽くす気ね！　高給と休暇を餌に、禁止された奴隷制度を復活させるつもりなんだわ！　お父様でもそこまではしなかったのに！」

「いやいやいや！　話ちゃんと聞いてた⁉」

ガクガクと足を震わせて怖がるリリィを見て、俺はなんでそうなるんだと仰天する。

トラウマ王女様をなんとか落ち着けるために、どう説明したもんかと俺は頭を悩ませるのだった。

◆

「へぇ……ちゃんと考えてんのねぇ。テッペーのくせに」

「俺をなんだと思ってたの？」

数刻後、ようやく納得してもらえたのか、リリィは「ほへー」とした顔を俺に向けていた。

魔王城の廊下を歩きつつ、俺は見上げてくるリリィに眉を下す。

「だって、あんた確実に外れだったじゃない。なんか今のあんただと割と当たりだった気がしてくるわ」

「うーん、それならいいんだけど」

ありがたい話だが、それでも俺である必要はない。なんだかんだで腕っ節が弱いのは魔界では不利な要素で、今でもそういう意味では現場のおっちゃんからは子供扱いだ。

今はまだ平和そのものな仕事しかないからやっていけているが、有事の際はなにもできないだろうと不安になる。

「ま、なんか荒事があったらリチャードを頼りなさい。ああ見えて結構強いのよ」

「リチャードさんかぁ、覚えておくよ」

リリィの言うとおり、現状頼りになるのはリチャードだが。……大丈夫だろうかと俺はモノクルの老紳士を思い浮かべた。いい人ではあるのだが、荒くれのおっちゃんたちを収められるかというとちょっと不安だ。

「それに、いざとなったら私がぶっ飛ばしてあげるから！　いじめられたら言いなさい！」

「え？　あ、うん」

さすがにいじめられてリリィに泣きついたら終わりだが、まぁ最終手段としては魔王候補の地位を使うしかない。一応頭に留めつつも、俺はリリィにお礼を言った。

「ありがとうねリリィ」

「……！　と、当然よ！」

シュッシュと拳を突き出して、リリィは嬉しそうにファイティングポーズを取った。どうも機嫌も直ったようで、ホッと胸をなで下ろす。

「早くテッペーいじめられないかしら！」

「えぇ……」

本末転倒どころの騒ぎではない。ただ、笑顔ではしゃぐリリィを眺めながら、まぁいいかと俺は窓から魔界の空を見上げるのだった。

◆　◆　◆

「なんだこれ……」

辺りの惨状を目の当たりにして、俺はただただ立ち尽くしていた。

「すまねぇ大将。休み明けに来てみれば、俺が見たときにはもう」

申し訳なさそうに頭を下げる虎の獣人は、現場監督のおっちゃんだ。大変頼りになる人で、けれどその顔は悔しさで歪みきっていた。

「大将から休み貰って、浮かれたツケだ。俺だけでも残っとくんだった」

そう言って顔を押さえるおっちゃんに「監督のせいじゃありませんよ」と俺は告げる。しかしその声は掠れていて、背中からは尋常じゃない冷や汗が出てきていた。

ひとことで言えば、カジノの現場が荒らされていた。

崩壊、というほどではないが酷い有様だ。外壁にはペンキがぶち撒かれ、窓ガラスは全て割られている。せっかく完成しかけていた内装は、壁紙もカーテンもズタズタだった。

誰がこんなことを。そんな言葉が過ぎるが、心当たりなどいくらでもある。金を儲けようというのはそういうことだ。

「貴族か豪商か。荒くれもん雇ってやらしたんだと思いますが……くそ！」

監督が拳を打ち付ける。俺は鼓動を速くさせながら周りの喧噪を聞いていた。

険悪な雰囲気だ。さすがは血気盛んな作業員たちで、落ち込んでいる者など一人もいない。その代わり、このままでは人死にが出てしまうだろうほどに現場はヒートアップしていた。

「どこのどいつだ！　ぶっ殺してやる！」

「おうよ！　こっちは天下の王家様だぞ！」

まずい。まずい流れであることは間違いないのに、どうすればいいか分からない。

要は、恐れていた「有事」のときが訪れたのだ。

「大将！　カチ込みましょう！　誰がやったかなんて、酒場で数人ぶん殴りゃすぐだ！」

「指示をくれ！　俺ぁ我慢ならねぇ！」

俺の下にみんなが詰め寄ってくる。当然だ、この現場の責任者は俺だ。

ここで選択を間違えれば、二度と俺についてきてはくれなくなるだろう。

(けど、そんなの)

だめに決まっている。制裁を加えるにしろ、裏を取り正当な手続きで行うべきだ。

けれど、それをそのまま伝えるにはこの雰囲気はあまりにも――

「そ、その……とりあえず……」

震えるように絞り出した俺の声に、その場の全員が集中する。

一瞬静まったみんなからの視線を一身に受けて、俺はどれほど自分の考えが甘かったかを悟った。

「……あの、あれですよ」

涙をなんとか我慢した。ここに来て、慣れたはずのみんなの姿がモンスターに見えてくる。

虎の牙、象の腕、悪魔の角。こんなもの、空手のチャンピオンでも勝てやしない。

無理だったのだ、初めから。少々現代の知識があったところで、ただの一介の学生が、こんな強い人たちを纏《まと》めることなど。

捩れて声が出てこない。折れかけた心でぎゅっと目を瞑ってしまう。

そのときだ。

「ちょーっと待ちなさい!!」

現場の空気を切り裂くように、意気揚々とした声が天から響いた。

みんなが「なんだ!?」と頭上を見上げる。

俺には、顔を上げる前からその正体が分かっていた。

「リリィ……」

なにをしているのだという疑問すら吹き飛んだ。カジノの屋根の上で腰に手を当てて仁王立ちしているリリィは、背中に輝く太陽を背負っていた。

「とう!」

かけ声と共に、ドレス姿のリリィが飛び降りる。仰天して目を見開く皆の前で、まるで遅れて登場したヒーローのようにリリィが見事に着地する。

地響きが鳴り、砂埃の立つ中でリリィは嬉しそうに声を上げた。

「見つけたわよ！　私のテッペーをいじめる奴はかかってきなさい！」

おりゃーと拳を引いて構えるリリィを見て、一同がポカーンと口を開ける。

「……なによ？　どうしたの、ほら。相手してあげるからかかってきなさい」

「い、いや。すまねぇ姫様。別に大将をいじめてるわけじゃねーんだ」

シュッシュと拳を突き出すリリィに、一同はどう説明したものかと頭を抱えた。

けれど、おかげで充満していた嫌な空気は霧散し、みな冷静な目で現場を見つめだす。

「それよりこれ、実際どうするよ？」

「犯人探しっていっても……自警団とかか？」

なんだかんだで落とし前はつけさせないといけない。それは絶対で、面子《メンツ》を保つのも大切だ。俺は荒らされた現場をじっと見つめた。

「って、あー！　誰よこんなことしたのッ⁉」

そのときだ。今更すぎるリリィの声が辺りに響きわたる。「え？　今気づいたの？」というみんなからの視線を無視して、リリィは慌てた様子で俺の元へと駆け寄ってきた。

「て、テッペー！　カジノが！　なんか大変なことに！」

「そうなんだよ。直すのはそこまで大変じゃないけど、放っておいてもまたやられるだろうしなぁ」

問題はそこだ。自然災害や事故ならば力を合わせて復旧すれば乗り越えられるが、悪意ある破壊活動は大本の原因を絶たねばならない。よしんば完成したところで、今度は営業妨害されるのがオチだろう。

「誰よこんな悪戯《いたずら》したの⁉　名乗り出なさい‼　今なら一発ぶん殴るだけで勘弁してあげるわ！」

「い、いやリリィ。さすがにこの中には……」

作業員に向かって憤慨し出すリリィを宥《なだ》める。困った顔の一同に向かって、リリィは「じゃあ誰よ？」と眉をつり上げた。

「誰って……それが分かれば苦労は」

「は？」

俺の一言を、リリィの冷たい声が切り裂いた。

どこまでも深く鋭い瞳に、俺はぞくりと背筋を震わせる。

「なに？　つまり、どこの誰かも分からない輩《やから》が、私のテッペーに弓引いたってわけ？」

その瞳の奥は、青白い炎で燃えていた。

まるで地獄の業火を背負ったように、リリィの身体からどす黒いオーラが現れる。

「リチャアアアアアアァァアアドッッ!!」

その場の全員が漆黒《しっこく》のオーラに呑《の》まれる中、リリィは憤怒の気合いを以て叫び声を上げた。

「ここに」

呼びかけに応え、どこに居たのかモノクルの紳士がリリィの傍らに出現する。怒り冷めやらぬといったリリィは、俺のほうをちらりと見るとリチャードに向かって声を張り上げた。

「どこのどいつがやったのよ!?」

「おそらく、手口から見て中央の貴族かと。数件心当たりがございます」

その言葉に、俺はリチャードがなぜいなかったかを理解した。いち早く惨状を知ったリチャードは、犯人の目星をつけていたのだ。

「ただ、その内のどれかは今しばらく時間が……」

「構わないわ!!」

どんと、リリィの足が大地を踏みしめる。

奥歯を噛みしめたリリィは、拳を握って宣言した。

「そいつら全員、ぶっ飛ばすッ!!」

第6話　覇王の拳

城下町に建てられた、一軒の洋館。

そこの持ち主のグラン・ジョセフは表向きは慈善事業を展開する政治家だが、裏では人身売買のビジネスで私腹を肥やしている。それは貴族の中では割と有名な話で、しかし今までそれを咎《とが》める者はいなかった。

人身売買といっても、数世代前までは普通に行われていた奴隷産業。それによって繁栄してきたグラン家が現代もきな臭い事業に手を染めていても、周りは誰も文句を言わない。

洋館の造りは素晴らしく、豪華絢爛な外壁と内装は、魔王城と比較しても決して見劣りするものではなかった。

中でも彼の自慢はリビングに作られたステンドグラスの壁で、色とりどりに輝くガラスを眺めながら晩酌を楽しむのが彼の日課だ。

総工費、一億ギニー。彼としても大奮発してこしらえたステンドグラスは、今日も華麗に月光を受けて輝いていて——

「どっせぇえええええいいいいッッ！！！！」

そのステンドグラスが、かけ声と共に粉砕された。

「うわあああああああああッッ！！！！」

あまりに突然の出来事に、グランは驚いて絶叫する。

なにせ優雅に晩酌をしていたら、自慢のステンドグラスを粉々に砕け散らせながら見慣れぬ少女が突っ込んできたのだ。

吹き飛ぶガラスの破片がグランの身体に突き刺さる。咄嗟《とっさ》に顔だけ庇《かば》ったグランは、血みどろになった身体で必死になって助けを求めた。

「ひ、ひぃぃ！　誰かー!!　賊が、賊がああぁ!!」

腰を抜かしながらもグランは扉へ向かおうとする。

逃げまどうグランの首根っこを、突き破ってきた人影がむんずと掴み上げた。

「あんたがグラン・ジョセフね。ネタは挙がってんのよ、観念なさい」

「ひぃぃいいッ!!　たす、助け……!!」

太ったグランの巨体を軽く持ち上げながら、リリィは怒りの声を口にする。そんな凄惨たる現場に足を踏み入れながら、俺はただただ冷や汗を流していた。

「リリィ、あんまり手荒にしちゃ……」

「もうこいつで決まりでしょーが！　手加減は終わりよ手加減はァ!!」

そう、あれから数時間。なんとリリィは犯人候補の貴族全員の屋敷に襲撃をかけたのだ。初めは「たのもー！」と玄関をぶち壊していたのだが、ふん縛って犯人でないと分かると、情報を仕入れ次のターゲットに。

そうこうしている内に、３軒目の貴族の屋敷でグラン家と共謀して王家のカジノ計画を頓挫《とんざ》させる計画書を発見した。

既に共犯の貴族の屋敷は壊滅させており、首謀者たるグラン・ジョセフをリリィは憤怒の形相で睨み上げる。

「よくも私のテッペーをこけにしてくれたわね……ただで済むと思わないでよ！」

「ひぃぃ！　早く、だ……誰かー!!」

そのときだ、グランの声に呼ばれるように屋敷に地響きが起こる。

扉をバキリと開けて入ってきた牛男は、天井まで届くかというほどの大男だった。

庶民の家よりも遥かに高い天井。そこに後頭部をすり付けている大男の身長は、優に三mを越えている。

牛の頭部から荒い息を吐く大男に、グランはでかしたと口を開いた。

「おお！　来てくれたか！　早く、この不埒《ふらち》な族をぶっ殺してくれ！」

どさくさに紛れてグランがリリィの捕縛から脱出する。悠然とリリィを見下ろす大男の背に隠れながら、グランは勝ち誇った笑みを浮かべた。

「こいつはな、東の国で見つけた拳闘のチャンピオンだ！　薬で多少凶暴になってもらったがな！ははは！　お前らなんかすぐに肉塊に変えてくれるぞ！」

大男が背中から、見るも巨大な戦斧を取り出す。大きく振りかぶる男の巨体を見上げて、けれどリリィは「ふーん」と目を細めた。

しかし、あまりにも体格が違いすぎる。リリィがいくら普通の女の子よりも怪力とはいえ、これはまずいと俺はリチャードを見やった。

「り、リチャードさん！　ここは一旦……」

瞬間、大男の斧が唸りを上げる。

一切の躊躇のない、殺害のための一振り。俺があっと思う間もなく、大男の戦斧がリリィの顔面に炸裂した――

「リリィ!!」

叫ぶ。そんなまさかと鼓動が跳ねるが、しかし目の前に広がる光景に俺は唖然として息を呑むことになる。

「……で、このデカブツがどうしたってのよ？」

「!?」

牛男の瞳が驚愕に見開かれる。狂化したとはいえ、彼もまた百戦錬磨の拳闘士だ。当たり前のように片手で止められた己の戦斧を、牛男は信じられないと見つめた。

少女の柔肌。そのはずなのに、自慢の戦斧はビキリとひびを入れている。

ぎゅっと握りしめて斧の刃を叩き割ると、リリィは呆れたような顔で牛男を見上げ拳を構えた。

「あんた、どっかのチャンピオンなんでしょ？　こんなことやってなかったら、傷の一つくらいは貰ったかもね」

振りかぶる。リリィの素直すぎる大振りに、俺は確かに光り輝くものを見た。

戦争の英雄。覇王の血筋。リリィの言っていたことが、俺の脳にリフレインされる。

『いざとなったら私がぶっ飛ばしてあげるから』

あれは、冗談でもなんでもなかったのだ。

リリィの拳が光り輝く。それは、魔力によるものなのか、それともただの圧倒的な眩しさ故の幻想か。

「落とし前、つけさせてもらうわよ」

ぶん殴る。ただ真っ直ぐに、ただ純粋に。

牛男の鍛え上げられた身体に、リリィの拳が炸裂した。生身に見えるが筋力増強に鋼化の魔法が組み込まれた無敵の肉体。その鋼《はがね》の肉体が、轟音と共に弾け飛ぶ。

「ひっ!」

吹き飛ばされた牛男の身体が、後ろに隠れていたグランに襲いかかった。慌てて逃げようとするが既に遅い。

「ぷぎゃっ!!」

蛙が潰れるような音と共に、グランは牛男にぶつかって間抜けな声を上げた。

そのまま二人は壁を突き破り、屋敷を破壊しながら遥か遠くへ飛んでいく。

「……よし! 一件落着ね!」

壁に開いた大穴を満足そうに眺めるリリィを見やりつつ、俺は開いた口を塞ぐことも忘れてただただその惨状を見つめているのだった。

◆

「ね！　だから言ったでしょ!?　私に任せておきなさいって！」

その日、リリィは大満足といったように上機嫌だった。

寝室でにこにこと笑顔を振りまくリリィを見やりながら、俺は先ほどのことを思い出す。

下手人であるグランのその後はリチャードが処理することになった。少し気になったが「テッペー殿にはまだ早いですね」と言ったリチャードの笑みが意味深で、あまり深くは聞いていない。

「その……リリィって強かったんだね」

「当たり前でしょ？　私のお父さまを誰だと思ってんのよ」

当然のように応えるリリィに、俺は「そりゃそうだ」と納得した。魔界を手中に収めた大英雄様だ。俺なんかとは当たりの具合が違う。

目の当たりにしたリリィの規格外のあれこれに、俺はもう笑うしかないなと微笑んだ。

「なんか、ごめんね。本当は俺がやらなきゃいけないことなのに」

随分とまぁ情けない魔王候補だ。尻に敷かれる以前に、指先ひとつでリリィに負けてしまうだろう。

けれど、少し肩を落としている俺の前に、リリィがゆっくりと近づいてきた。

俺が顔を上げる前に、柔らかな感触が顔を包む。

リリィの胸に抱きしめられたのだと気がついて、俺はぎょっとして頬を染めた。

「リリィ!?」

「なーに、テッペー」

返ってきた優しい声色に、俺は軽くびっくりする。

俺の頭をよしよしと撫でながら、リリィは大丈夫だというように少しだけ強く抱きしめた。

「私ね、気づいたの。テッペーって、すっごくすっごく弱っちぃじゃない？」

「うっ……ま、まぁね」

口ごもる。リリィと比べられるとアレだが、そうでなくともニンゲンである俺は最弱種族だ。

そんな弱い俺に向かって、けれどリリィは優しい口調で語りかけた。

「でも、私にはないものを持ってる。私にはできないことができる。だからさ、あんたは弱っちくてもいいの。その代わり、今日みたいなことがあったらさ……私がまっさきに飛んでって、むかつく奴をぶん殴ってあげる」

温かかった。柔らかなリリィの胸に、俺はこてんと額を付ける。

「そしたらさ、きっと私たちって無敵の夫婦になれるわよ」

リリィの鼓動を聞きながら、俺はなぜだか分からないが、本当に申し訳ないことに、せっかくのドレスを濡らしてしまった。

それに少しも怒りもせずに、リリィはゆっくりと俺の頭を撫で続けてくれるのだった。

◆　◆　◆

数ヶ月後、俺たちは一様の表情で見上げていた。

何をって？　決まってる。

傍らでモノクルを輝かせたリチャードが声を震わせた。促されていると気がつき、慌ててみんなのほうを振り返る。

「やりましたな」

みな万感の思いだ。なにせいろいろあった。

なにを言えばいいか分からずに、ただとりあえずなにか言おうと俺は言葉を勢いに任せる。

拳を突き上げて、自分の精一杯で叫んだ。

「か、完成だー!!」

その瞬間、その場に集まった全員から雄叫びがあがる。ビリビリと揺れる空気に少し驚いて、けれど俺は身体からわき上がる高揚に背中を震わせた。

「やったな大将！　はは、こりゃあいいぜ！　世界中の金持ちがびっくりすらぁ！」

監督に背中を叩かれる。今までで一番強く叩かれて、痛かったが全然悪い気はしないと俺は微笑んだ。

「まだやること沢山ありますけどね。ここを使うスタッフの研修や設備の確認もしないと」

「がはは！　お偉いさんも大変だな！　だがまぁ、今日くらいは素直に喜びな！」

言われ、こくりと頷いた。まだまだやることは山積みだが、ひとつの山を乗り越えたのは確かだ。

振り向いて見たカジノは、地球育ちの俺から見ても豪華で立派なものだった。

石造りはこの世界の標準だが、使っている石が違う。大理石のように光沢のあるフォトンライトは太陽を受けて荘厳に輝いていた。

実は外壁の表面一層だけなのだが、そんなものは傍目には分からない。

内装はもっと豪華だ。赤と白、そして金色を基調としたカジノ内部は豪華さと格式の高さを感じさせ、それでいてハメを外してもよいムードだ。

「うわぁ……」

ふと聞こえた呟きに目をやると、ネココが呆然と出来上がったばかりのカジノを見つめていた。

口を半分開け、けれどその目はキラキラと輝いている。

「ネココさんもチーフディーラーよろしくお願いしますね」

「……えっ!?　あ……す、すみません！　うちったらぼうっとして！」

急に話しかけたからかネココが慌ててこちらを向いた。彼女にしては珍しく、歯切れが悪くはにかんでいる。

「どうしたの？」

「い、いえ……その……たはは、あかんですね。完成したの見たら実感が」

よく見るとネココの頬をかく手が震えている。俺は驚いてネココを見つめた。

「いやー、うちってやっぱ貧乏性っていうか。ここで本当に働くんや思ったら……いいんですかねー、うちなんかがチーフで」

「いいに決まってるよ」

ぴたりとネココの震えが止まる。見返してくる瞳に、俺はゆっくりと微笑んだ。

出世とか大抜擢とか、嬉しいことには怖さもある。巡ってきたチャンス。それ自体は運かもしれないが、それを掴めるか生かせるかは実力だ。

期待をされる恐ろしさは、俺もこの世界に来てからだが、少しくらいは学んだと思う。

「ネココさんをチーフに推したのはね、別に仲がいいからじゃないよ。研修での頑張りと結果を見て、満場一致で決まったんだ。……期待されるのは怖いかも——」

「大丈夫です」

俺の言葉は力強い声に遮られた。

じっと俺を見つめてくるネココの目には、こころなしか熱いものが浮かんでいる気がした。

「ほんと、お兄さんでよかったです」

それがなんのことを指しているかは言わず、ネココは涙を拭って目を瞑った。

開く。そこにいたのはもう、俺がよく知る彼女だ。

「ありがとうございます。……見とってください。うちでよかったと、思わせてあげますよって」

なんて強い人だと、俺は口を噤《つぐ》んだ。そして、同時に今までのことに感謝する。

彼女を初め苦手に感じたのは、当然だったのかもしれない。この強さは昔の俺には眩しすぎる。

今は違う。素直に尊敬し、憧れを抱けるようになった自分を、俺は誇りに思う。

「期待してますよ」

「任せてください」

差し出した右手は力強く握られた。

きっと彼女は、俺なんかの想像よりも高く飛び、どこまでも強くなっていくのだろう。

俺の周りには強い女性が多すぎる。そんなことを思い、俺はくすりと笑ってしまった。

「って、ちょっと待ちなさーい!!」

どこからともなく聞こえた空気をぶった切る声に、俺とネココどころかその場の全員が顔を上げた。

みんななんとなく察していたが、ああやっぱりかと声の主を仰ぎ見る。

カジノの屋根の上でそれはもう嬉しそうにリリィがポーズを決めていた。

「姫様だ」

「なんで毎回あんなところに」

辺りを疑問と呟きが包むが、そんなことおかまいなしと言うようにリリィは声を張り上げた。

「まずみんな！　完成おめでとう！　この私からじきじきに、よくやったと褒めてあげるわ！」

リリィの言葉に予想に反して「おお！」と声があがる。なんだかんだで王女だ。労《ねぎら》いの言葉を受けて、周りの野郎共のテンションがにわかに上がった。

民草からの声を受けて、リリィは機嫌よさそうにうんうんと頷いた。けれども、労いは終わりだと言わんばかりに地面を指さす。

向けられた指先に、ネココが「あん？」と眉を寄せた。

「しかーし！　それとこれとは話が別よ！　そこの雌猫！　私のテッペーに猫なで声で迫ってんじゃないわよ！」

リリィの身体が宙に舞う。危ないなぁと思う暇もなく、リリィは俺たちの目の前に着地した。ずしんと音を響かせて、ネココの前にずんずんと歩いてくる。

「だーいたい、ディーラーは中の仕事で建築の仕事とは関係ないでしょーがー？　なにしれっと完成式に混ざってんのよ！」

「おあいにくさまですぅー。うちは内装の確認の仕事も任されてまして、お姫さんと違って結構忙しいんですー」

ニタリと笑う恋敵を見てリリィのこめかみに青筋が灯る。

「というか、姫さんこそ関係ないわぁ。お城でダンスでもしてたらいいのに」

「私はいいのよ！　さっき労ってあげたでしょ！　王女なんかニコニコ手振ってたらそれでいいの！」

一理はあるが、そもそもニコニコしていない。

どうしたもんかと見つめつつ、俺はまぁいいかと二人を眺めた。

ぎゃあぎゃあと言い争っている二人を見ていると、なんだか心が和んでくる。これも成長というのだろうかと、俺は呆れたように笑うのだった。

「よーし、パーティの準備だ！　今日は無礼講でいきますよ！」

つかみ合っている女の子二人を放っておいて、俺は待ち遠しそうな顔をしているみんなを振り返った。

今宵《こよい》は宴《うたげ》。英気を養い、また明日から頑張ろうじゃないか。

◆

「……で、こうなるわけね」

すっかり昇りきった月の真下で、俺は背中に感じる柔らかさと重力に苦笑した。

ぐーすかと寝息を立てている王女様は起きる気はないらしく、このまま魔王城の寝室まで運ぶことになりそうだ。

「大変ですね。お姫さんのお世話係も」

「いやぁ、はは。まぁそうね」

隣を歩く足音を聞きながら、どうしたもんかと思案する。

どうやら、横の猫娘様も付いてくるつもりらしい。

「もう遅いし、ネココさんを先に送って……」

「あー、ええですよ。うち、今晩は魔王城に泊まりますよって」

「え？」

なにやら聞き逃せない言葉が聞こえてきた。どういうことだと視線で聞く俺に、ネココは胸元から一片の木簡を取り出す。

「へへへー、リチャードさんに頼んだらくれましてん。うちも魔王城の仮眠室使えるくらいには偉くなったっちゅーことです」

「あ、そうなの？　……まぁ、そりゃそうか」

ネココが握っているのはただの入城証ではなく滞在許可証だ。俺のように自由に出入りができるものではないが、日を跨《また》いでの入城や魔王城の設備の一部が使用できる効力を持っている。

なんどか城に入ったことはあるネココだが、それは会議に出席するためといった事務的なものだった。それでも初めて足を踏み入れたときには感激していたものだ。

「ああ～、憧れの魔王城。いつもは会議室行くだけですから、今夜はこれで大浴場に入れさせてもらうんです」

「ああ、いいよね。俺も使ってるよ」

本当は寝室の隣に備え付けのものもあるのだが、あれはもっぱらリリィ専用だ。俺としてもお風呂の用意をしているリリィと同室なんてどうにかなりそうだし、そそくさと男湯に退散するが吉である。

「なんなら一緒に入ります？　お兄さんならいいですよ？」

「ぶっ！」

胸を軽く寄せて言ってくるネココに、思わず噴いてしまった。

リリィが起きていたら大乱闘だが、幸いにも気持ちよさそうに眠ってくれている。

軽く眉を寄せつつ、ネココを叱るように睨みつけた。

「あのですね。そもそも混浴じゃありませんし。それに……あまり女の人がそういうこと言っちゃダメですよ」

「構いません」

即答で返されて面食らう。鳩が豆鉄砲を食ったような顔をしている俺に、ネココはにこりと笑みを浮かべた。

「本気ですよって。お兄さんになら、裸だろうがなんだろうが見せたげますよ」

「ぶふっ！」

また噴いた。なんてことを言うんだとネココを見やるが、顔が赤くなるのを止められない。

というか背中にリリィがいる状況で、これはまずいですよと俺は慌てた。

「ほ、ほんとに怒りますよ。あんまり年上をからかわないでください」

「年上って……ほとんど一緒です。それに……にゃふふ、お兄さん可愛いわぁ。据え膳なんやから食べればええのに」

くすくすとニヤけながら見つめてくるネココに、俺はどうしたものかと頬を掻こうとして、両手が使えないのを思い出した。

「ふふ、どうしました？　ほっぺた痒《かゆ》いんですか？」

「そんな感じです」

どうも俺の手癖も見抜かれているようで、俺は観念したように息を吐いた。それを見て、ネココが後ろで手を組みながら月を見上げる。

「あーあ、うちも王女様やったらよかったのに」

らしからぬことを言い出して、俺がなにか言うよりも先に、ネココは「なんてね」と柔和に笑った。

ゆっくりと歩きながら、ゆっくりと楽しそうに笑いながら、これまたゆっくりとこちらに寄ってくる。

肩が少しだけ触れて、俺はどきりと胸を揺らした。

「……お兄さんて、うちのこと好きですか？」

ネココの唇が揺れる。一瞬前よりも大きく揺れた心音に、コンマ数秒だけ動きを止めた。

「好きだよ」

正直に答えよう。そう思えるようになったのは、きっと進歩だ。

その答えにネココの目が見開いて、けれど声色を染み込ませるように目を細めた。

「そっか……そうですよね」

きっと、ネココには伝わっている。俺は、この人以上に鋭い人を他に知らない。

「でも、一番じゃあないんだ。憧れてもいる、尊敬もしてる。ネココさんがいなかったら……俺はきっとここまで来られてないと思う」

嫌いなはずがない。もしかしなくても彼女は、俺を初めて好きになってくれた女の子だ。

けれど、だからこそ言わなければならない。俺は背中の重みを感じながら、ネココに振り向いた。

「リリィが好きだ」

言った。言ってしまった。言った後、言ってよかったのだろうかと汗が出たのが、なんとも情けない話だ。

この期に及んで緊張してしまっている俺の言葉を、ネココはゆっくりと受け取って、愉快そうにくすりと笑った。

「立派になりましたよ、ほんとに。はは……ちょろい人やと思ったんやけどな」

実のところはすごく危なかった。そんな俺の心中が伝わったのか、ネココが「ふーん」と俺を見つめる。

「お姫様と、どういう関係なんです？　恋人やなさそうですけど」

「えっと、なんていうか……複雑っていうか」

説明が難しすぎる。ただなんとなく伝わったようで、ネココは楽しそうに俺とリリィの顔を交互に眺めた。

「王女様と、キスしました？」

「ぶッッ!!」

次になにを聞かれるのやら。そう身構えていたが無駄だった。顔を真っ赤にして振り向くと、全てを察したネココのニヤけ顔が飛び込んでくる。

「あきまへんよー、そういうのはちゃんとせんと。悪い雌に取られてまいますよ」

「いや、そう言われても――」

その瞬間、目の前をネココの顔が塞《ふさ》いでいた。

悪い顔だ。心底愉快だと言うように、ネココの顔が近づいてくる。

「悪い猫も、おるんですから」

柔らかな感触が走った。ついで、少しだけ湿ったものも。

くちゅりと小さく音がして、俺が固まる中、数秒の時が流れた。

衝撃で動くことができない。慌てて離れようとして、背中のリリィの温かさに俺はどくんと心臓を跳ねさせた。

まるで数分にも思える時間。たっぷりと俺の口の中を堪能して、ネココが数秒の悪事を終える。

糸を引く唇が目に映り、恍惚《こうこつ》としたネココの表情に俺は不覚にも息を呑んだ。

「初めて、貰いましたよって。……お姫さんには、内緒にしといたげます」

ぺろりと唇を舐《な》めるネココを、俺はたぶんエイリアンでも見る目で見つめていたと思う。

そんな俺を愉しそうにじっくり眺めて、ネココはくすくすと笑ってみせた。

俺が声も出せないでいる中、再びネココの唇が近づいてくる。

渇いた喉を通過して、唇は耳元でぴたりと止まった。

「うちな、諦め悪いんや」

俺は、顔が見えないのに感謝した。

「――ほな、今日はこれで」

そう言って、ネココは微笑みながら歩き去った。

泊まるんじゃなかったの？　なんて質問は当然できずに、俺はネココの足音と鼻歌が聞こえなくなるまで、汗を滲《にじ》ませながら立っていた。

「や、やっぱ……苦手かも」

勝てる気がしない。ぐうすかとイビキを掻いているお姫様を背負いながら、俺はごめんなさいと月に向かって謝るのだった。

◆　◆　◆

感動とはこういうことを言うのだろうか。

俺は喜び叫びたい衝動を我慢しながら、小さく腰の辺りでガッツポーズをとった。

「凄い反響ですな。よもやここまでとは」

同様に嬉しさが隠し切れていないリチャードの声が横から聞こえる。

頷いて、俺はもう一度辺りを見回した。

賑やかなんて言葉では言い表せないくらいの人。

老若男女、エルフも亜人も獣人も、とにかくフロアは様々な人で溢れていた。

ひとつ彼らに共通点があるとすれば、皆一様に身なりがよいということだろうか。

付き人を伴っている人もいる。窓口で受け取ったチップを盆一杯に積み上げ、悠々と歩いている男性が目に留まった。

「俺もびっくりですよ。オープンからこんなに来てもらえるなんて」

素直な感想を口にする。

いってしまえばカジノはオープン初日から大盛況で、その反響ぶりに当事者の自分たちが困惑している感じだ。

というのも初めは富裕層の中でもコアなギャンブル好きがターゲットで、口コミを頼りに段々と客足が伸びる流れだろうと予想していたからだ。

それが初日からこの盛況だということは、潜在的にギャンブルに興じたいという需要は予想以上に高かったということだろう。

「今まではしようと思っても場末の怪しい店しかありませんでしたからな。とても御婦人方を呼べるような場所ではありませんでしたし」

「なるほど。確かに……思ったより女性のお客さんも多いですね」

妻かはたまた愛人か。女性を侍《はべ》らせている男性客も多い。そして決まって、そういう客ほど羽振りもいいようだった。

自分だけでなく付き人のメイドにもチップを渡し、卓に参加させている客の姿も見受けられる。

「女性の前だとかっこつけたくなるってことですかね？」

「でしょうな。初日でこれだと、これから更に客足は伸びますぞ」

リチャードの言葉に気を引き締める。客が増えるのはいいことだが、それは同時に戦いが激化するということだ。予想以上の反響を上手く捌かなくてはならない。

「まだ開放していない卓も多いですしね。予定を早めて遊技の種類を増やしましょうか」

「ですな。あまり順番待ちのような状況は作らないようにしなくては」

初日ということもあり遊技もルーレットと簡単なカードだけに絞っていたが、この分だと明日にでも卓の数は増やしたほうがよさそうだ。

「いやぁ、といっても嬉しい限り。これはテッペー殿に感謝しなくては」

「え、いえ俺はちょこっとアイデアを出しただけで」

リチャードが褒めてくれるが、くすぐったさを感じて俺は首を振ってしまう。そんな俺に、リチャードはゆっくりと目を細めて言ってくれた。

「それは違いますぞテッペー殿。……確かに、カジノの提案自体も素晴らしいものではありました。されど、それをここまで形にできたのは、貴方自身が頑張ったからです。だからこそ、周りの者たちも付いてきてくれたのです」

リチャードはフロアを見回す。視線の先では、ネココが笑顔でカードのディーラーを務めていた。他にも卓はあるのに、彼女の卓だけギャラリーのような人だかりができ始めている。

「貴方は……生まれた世界の習慣でしょうか。謙遜しすぎるきらいがありますな。それは美徳ですが、たまには自分を褒めてあげることも大切ですよ。口に込める謙遜と、内に秘める自尊は両方持ってしかるべきです」

「す、すみません」

モノクルから見つめてくるリチャードの瞳に俺はまた謝ってしまった。そんな俺に、けれど柔和に微笑んで老紳士は腰を鳴らす。

「さて、そろそろトラブルも出始める頃でしょう。私は場内を見回りに参ります。……テッペー殿は、そうですね。今日くらいはゆっくりカジノを散策してはいかがでしょうか？」

「え？　でも……」

言い掛けて、確かにリチャードの言うとおりだと俺は言葉を止めた。

盛況とはいえまだ初日。見回せば様々なところに問題も不備も潜んでいる。今日のところはしっかりとお客様の動向を見ていくのが吉だろう。

「雑務はわたくしめらにお任せください。なに、大戦に比べればまだ楽なものですよ」

「お願いします」

頭を下げ、リチャードを見送る。彼ならばそこらのトラブルはあってないようなものだろう。

あらかじめ予想が付くようなトラブルへのマニュアルは従業員全員に配布済みだし、俺の仕事はカジノの更なる改良に向けてしっかりと目を凝らすことだ。

「よーし、頑張るぞ」

楽しい。大変なはずの仕事にそんなことを思いながら、俺は客で賑わう会場へと足を運ぶのだった。

◆

「うわ、すごい。さすがネココさん」

ひときわ賑わっている卓。それを傍らで見守りながら、俺は呆気に取られていた。

卓にはどうやら大負けしている客も、逆に大勝している客もいるようだった。一枚のカードがめくれる度にギャラリーたちが沸き立ち、客の声が響きわたる。

「さぁさぁ、張った張った。カード勝負第二局、皆さん準備はよろしいですか？」

ネココの声が歓声を貫いて聞こえてきた。とんでもなくよく通る声だ。

以前見せてくれたバニー姿。肩も胸元も丸見えのその格好は、けれどこの場においては扇情的というよりもむしろ、美しく凛《りん》とした装いとして映っていた。

カフスだけ手首に身につけたネココの腕。カードを隠す場所などどこにもない。

カードがめくられ、再び回りが沸き立った。

(すごいな……)

改めて感心する。なにが凄いって、皆が楽しそうなのだ。勝っている客が楽しそうなのは分かるが、負けているお客さんも嬉しそうに頭を抱えている。

特に変わった台詞を話しているわけではないのに、ネココの話術には魔力があるようだった。

ちょっとしたカードの配り方、チップの動かし方ひとつひとつが、なんというか気持ちいい。

あれが天性の才能というのだろう。行く店行く店で看板娘にのし上がってきた力量は伊達ではなかったということだ。

邪魔しては悪い。ちらりとネココがこちらに視線を向けたのを見届けて、俺は笑ってその場を立ち去った。

◆

「くぅー、今日は疲れたな」

深夜。カジノの後始末も終え、俺は魔王城への帰路についていた。

本日の営業は大成功といってよかった。詳しい営業利益が分かるのは先になるだろうが、それでもパッと見だけでとんでもない額の収益だ。

けれど問題は山積みで、あれだけの人数を捌くためにはやはりいろいろと改良も必要そうだ。

「やることといっぱいだなー」

もうしばらく寝る間もない日が続きそうだ。またリリィに怒られないようにしなくてはと、俺は睡眠時間の確保のためにも魔王城への帰路を急ぐ。

なんといっても客商売。睡眠も欲しいが風呂に入るのも大切だ。リリィの待つ寝室に向かって、俺は全速力で駆けだした。

◆　◆　◆

寝室に帰るとそこには豪快にイビキをかいて寝ているリリィの姿があった。

布団もかけず、ベッドで大の字になって爆睡している。

どうも俺の帰りを待ってくれていたようで、けれど我慢できずに寝てしまったのだろう。

起こさないようにしないとと思い、ゆっくりと足を運ぶと、寝ていたはずのリリィが目を覚ました。

「んが？　……あ、テッペーがいる」

こちらに顔を向けむくりと起きあがるリリィを眺めつつ、俺は上着を衣紋《えもん》掛けにかけながら謝った。

「ごめん、起こしちゃったかな？」

「んーいい。待ってたのに寝ちゃってた」

くしくしと目を擦りつつ、リリィはこちらを見つめてくる。

時計を確認するといい時間だ。そろそろ風呂に入って寝ないと明日に支障が出てしまう。

「お風呂入ってくるから、リリィは先に寝てていいよ」

言うと、むっとリリィが眉を寄せた。せっかく起きたのにという表情だが、待たせるのも悪い。

支度を調えている俺に、リリィは呆れたように話しかけた。

「あんたね、こんな時間に大浴場が開いてるわけないでしょ。お風呂入りたいならもっと早く帰ってきなさいよ」

「あ、そうか。しまったなぁ」

時計をもう一度確認する。リリィの言う通り、大浴場は一時間ほど前に閉まってしまっている時間だった。

「しょうがないわねぇ。こんなことだろうと思って部屋のお風呂、お湯張ってあるわよ。入りなさいよ」

「え？　いいの？　ありがとう、リリィ」

言われてみればボイラーが作動しているようで、リリィはお風呂を沸かして待っていてくれたらしい。

少し感動しつつ、俺はお言葉に甘えさせてもらうことにした。

◆

「おー、ほんとにお湯だ。いい感じだな」

湯船に手を入れて、感心したように声を出した。

この世界だと、こういう部屋に備え付けの浴室は大贅沢だ。シャワーを浴びるにしろお湯を張るにしろ、わざわざ薪《まき》で焚かないといけない。

さすがにその辺りは女中に任せているリリィだが、それでも気をきかせて自分専用だった風呂場を提供してくれたのは嬉しかった。

（というより、いつもここでリリィはお風呂に入ってるのか）

意識したとたん、なんだか妙に恥ずかしくなってきた。こほんと咳払いをひとつして、浴室を見回してみる。

壁にはボディブラシが何本も掛かっていて、どうやら毛先の柔らかさが違うようだった。俺なんかは素手かタオルなので、こういうのを見るとドキリとしてしまう。

「このブラシでリリィが」

手に取り、じっとブラシを見つめる。要はこのブラシはリリィの素肌に毎日接しているということで、しかも何本もあるということは身体の部位別に使い分けているということだ。

「……これだけ妙に柔らかいな」

なんの動物の毛なのだろう。ブラシとは思えないほどふわふわな毛先に、俺は「どこの部分のやつだろう」と思いを馳せる。そりゃあこれだけ柔らかいということは、さぞデリケートな部分――

「って、いかんいかん！　そういうのはダメだぞ俺！」

ぶんぶんと首を振ってブラシを壁に戻した。せっかくのリリィの行為に、こういう裏切りはよくない。

確かに刺激の強い空間だが、心頭滅却すればエロもまた涼しい。平静を装いつつ、俺は石鹸《せっけん》を手に泡立て始めるのだった。

◆

「うわー、めっちゃ泡立つ。いいシャンプー使ってるなぁ」

ブクブクと髪が泡で覆われていく感覚に、俺は思わず声を出した。

そもそもこの世界でシャンプーを使ってるのなんて貴族の御婦人方くらいだ。普通は石鹸で髪も身体も洗ってしまう。実際魔王城で働くような人ですら、大浴場ではそうしていた。

「確かに……リリィの香りだな」

くんくんと鼻を鳴らす。どこかで嗅いだことがあると思ったら、リリィの髪からよくしている匂いだ。

ただ、リリィはもっといい匂いである。シャンプーの香りは彼女の匂いの一部分で、他にもいろいろな香りが混ざってリリィの匂いになっているのだろう。

「っと、シャワーの蛇口が」

泡だらけの頭で蛇口を探る。しまったと思うが、どうやら慣れない浴室で見失ったらしい。

目を開けたら痛いだろうし、困ったなと思っていると浴室のドアがノックされた。

「テッペー、どう？　ちゃんと入れてる？」

リリィの声だ。慣れない俺を心配してくれたようで、問題ないと返事をする。

「あ、リリィ。あったかくて気持ちいいよ。ありがとね」

お湯は問題なく張れていた。シャンプーの蛇口問題などは些細なことだ。俺の声を聞き、リリィは「ふーん」とそっけない返事をした。

「それならよかったわ。じゃあ、私も入るから」

「分かったー。……って、うん？」

聞き間違いだろうか。なんかリリィが「自分も入る」と言った気がする。

そこで、リリィもまだお風呂に入ってないのではという可能性に俺は行き着いた。眠ってしまったから入ってなかったのだ。

要は先ほどの言葉は「あんたが出たら私も入るわよ」であり、それはつまりリリィが一番風呂を譲ってくれたことに他ならない。

「それなら早いとこ出ないとな」

俺は急いで蛇口を探す。せっかくのお風呂だが、あまり遅くなってもリリィに悪い。

そんな風に俺が手の先に意識を集中させていると、背後でガチャと音が鳴った。

少し冷たい空気が背中を刺激し、それが再びガチャリと止まる。

「え？」

どう考えても扉が開いて閉まった気配だ。そして、誰かが俺の背後に立っている。

「……え？」

ひとつしかない可能性に思い至って、俺はそんなまさかと動きを止めた。

鼓動が速くなり、いやいやと内心首を振ってみる。

「私もまだだからさ、一緒に入るわよ」

少し照れたリリィの声が聞こえ、俺の心臓が止まりかけた。

第7話　初めて

シャワーの音に紛れ、けれど激しくなっている心音に俺は唾を飲み込んだ。

「えっと……リリィ？」

いる。誰がではない。俺の背後にリリィは立っている。

見えなくとも分かる気配。まさかと思い、俺はゆっくりと口を開いた。

「その、濡れちゃうよ？」

「別にいいわよ。裸なんだし」

やっぱりと俺は思った。なにかそんな予感はしていたが、しかしそれでも俺は驚いて持っていたタオルを落とした。

「あっ、ご……ごめん。シャワーの蛇口が見つからなくて」

慌ててタオルを探す。なにを焦っているのか、俺はシャンプーで泡立った頭のままで手探りでタオルを探した。

「もう、どんくさいわねぇ」

ふにりと背中になにかが当たった。温かくて柔らかいものだ。

覆い被さってくる感触に「ひっ」と俺が声をあげると、リリィはくすりと笑って腕を前に回してきた。

「どうしたの？　目開けられないの？」

「えっ、その……うん」

正直、シャワーどころではない。目など開かずとも、背中に感じる感触だけで俺はどうにかなってしまいそうだった。

なぜ俺はタオルを落としたのか。持っていれば、膝にかけるくらいはできただろうに。

「タオル落としちゃったんだ？」

「そ、そうだね」

なにやらリリィの雰囲気がおかしい。妖艶というか色っぽいというか。耳元で囁かれる声はそれだけで俺をどきどきさせるには十分だった。

リリィの腕が背中から前に回され、俺の足下をまさぐり始める。「どこかなー？」と探るリリィは、その度にすべすべとした肌を俺に押しつけてきた。

「あの、その」

「嫌？」

そんな風に聞くのはずるい。俺が口を噤むと、リリィはくすくすと俺の耳元で小さく笑った。

「よいしょ。前行くね」

リリィの感触が背中から離れ、俺は少しだけシャンプーに感謝しながらぐっと目を瞑るのだった。

◆

（恥っず!!）

私はバクバクと心臓の鼓動を速くさせながら、羞恥《しゅうち》で逃げ出したい気持ちをなんとか抑え込んでいた。

（は、裸！　私裸！）

目の前にはテッペーがいて、相変わらずどんくさい姿を晒していた。

どうやらシャンプーをしたまま蛇口が分からなくなったようで、目が開けられないようだ。

なんてアホなんだろうと思ったが、これは好都合だと許すことにした。

意を決して入ってはみたが、テッペーの目が見えていたら恥ずかしさで鉄拳をお見舞いすることになっていただろう。

（け、結構鍛えてるじゃない……）

生意気にもテッペーの身体は結構引き締まっていた。建築の現場で働き出したからか、こちらに来た頃に比べるとえらい違いだ。

視線が腹筋より下に移りそうになるのをなんとか堪えつつ、私はテッペーの前に回り込んだ。

「ほら、こんなとこに落として。だめでしょ、私のタオルなんだから」

「ご、ごめん！」

前から聞こえた声にテッペーがびくりと反応する。

少しだけ気をよくして、私はテッペーの前で軽く屈んだ。

「み、見ちゃだめよ。目開けたら殺すからね」

私の声にテッペーがこくりと頷く。

頭がどうにかなりそうだった。私は裸で、テッペーがもし目を無理やり開けたら、それは全部見られてしまうどいうことだ。

恥ずかしいどころの騒ぎではない。

けれど、頑張らないとと私は必死に目を瞑っているテッペーの顔を見つめるのだった。

◆

「あ、タオル」

目を開けて、飛び込んできたのはリリィの身体だった。

けれどその肢体には白いタオルが巻き付いていて、よくよく見ればそれは俺が落としたタオルだった。

「なによ？　なんか不満でもある？」

リリィがむっとこちらを睨んでくる。それにぶんぶんと首を振り、俺はリリィが向けてくれるシャワーのお湯で再度顔を洗った。

「ふふ、裸見られるかもって期待したんでしょ？」

「そ、そんなこと……あるけど」

図星を突かれるが仕方がない。

けれど、俺は今の状態でも十分すぎるほどにそわそわしていた。

タオルを巻いたとはいえその丈はギリギリで、というよりお湯に濡れて肌に引っ付いたタオルは色々と透けていた。

目のやり場に困りつつ、俺はとりあえず手で自分の股間を隠してみる。

「なに？」

「いや、その……恥ずかしいんだけど」

割とガン見してきていたリリィが、カァと顔を真っ赤に染めた。

次の瞬間、顔面に振りかざされたシャワーに俺は「あぶぶ！」と声をあげるのだった。

◆

「二人で入るとちょっと狭いわね」

「そ、そうだね」

湯船に一緒に浸かりながら、俺は脚の間で屈んでいるリリィの背中をじっと感じていた。

これなら気を付ければ見えることはないが、それでも色々と刺激が強い。リリィのすべすべとした背中の感触に感動しつつ、俺は浴室のランプを見上げていた。

「……なんか信じられないわね。あんたとお風呂入ってるなんて」

肩まで浸かりつつ、リリィはぽつりと声をこぼす。

確かにと思いながら、俺は出会った頃のことを思い出した。

「リリィ、俺のこと嫌いだったもんね」

「だってマジで外れだったんだもん。誰でも嫌よ、あんな冴えない雄」

酷い言われようだが仕方がない。それを考えれば、今は少しはマシになったということだろうか。

俺も、あのピンク髪の少女とこうして肌を合わせているところなど想像できなかったわけで。随分とリリィとの仲も良くなったものである。

「そうそう、あんたに言いたいことがあんのよ」

リリィが体重を預けてきて、俺は仰《の》け反るリリィの顔に「なんだろう」と目を向けた。

タオルからはみ出た胸の谷間が目に入り、俺はどきりと心臓を鳴らす。

これだけ近かったらバレバレで、慌てて平静を装う俺をリリィはくすくすと見上げ続けた。

そして、リリィが本当に何気ないように口を開く。俺はどぎまぎしながらも、その声に耳を傾けた。


「あんた、あの雌猫とキスしてたでしょう?」


心臓が止まりそうに脈打つ音を確かに聞いた。

目の前に座るリリィの背中を見つめながら、俺は湯船の中にいるにもかかわらず冷たい汗を流していた。

「えっと……」

「いいわよ隠さないで。全部聞いてたから」

普段と変わらぬ声色でリリィは続ける。

「お、起きてたんだ」

「途中からね。……あんたが悪いとは思ってないから安心して」

ホッとしていいのか分からずに、俺はリリィの話を聞いていた。

リリィの腕が伸び、ちゃぷちゃぷと小さく水面が揺れる。

「怒ってないんだ？」

「怒ってはいるわね」

即答された。どきりと胸が鳴るが、リリィはなんの気もないように口を開く。

「あんたもあんな雌猫の一匹や二匹に踊らされてるんじゃないわよ。魔王になんのよ？　魔王に」

「め、面目ない」

情けない限りである。その情けない姿をリリィをおぶった状態で見られていたわけで……。

「そういえば、あれファーストキスでしょう？」

「うっ」

図星を突かれ固まった。リリィにわざわざ言うことではないと思っていたが、言葉を詰まらせた俺を見てリリィが笑う。

「呆れた。あんた、仮に私と今後キスするとしてよ？　そのときファーストキスかどうか聞かれたらどうするつもりだったのよ」

「あ……」

言われてみればその通りだ。そして誰としたのかと聞かれればそれも隠さねばならない。

ちらりとリリィに目をやれば、お見通しというように澄んだ瞳が俺を見つめていた。

「そのとき、嘘吐かれるよりはよっぽどマシだわ」

仰け反り見上げてくるリリィは、濡れているからか妙に色っぽい。

というよりも、ひとつの事実に気が付いて俺はどうしようもないほどに困惑した。

だって、こんなんじゃまるで、いつか俺とリリィがキスをするみたいな。してもいいみたいな、そんなことをリリィは言っているような気がする。

「あっ」

急にリリィの唇が目に入るようになり、俺は慌てて腰を引いた。

理由は単純で、反応してしまったからだ。

それに少し驚いたようにリリィの目が見開いて、けれどそれはすぐに優しい視線に変わった。

「なに、私とキスしたいの？」

優しいけれど、意地悪そうな顔。そういえば、この子は悪魔だったなと思い出す。

リリィはくすりと笑うと、俺の唇に右手の指を伸ばした。

「ほら、ちゅー」

くすくすと笑いながらリリィの指が唇に触れる。だけど、そんなことだけで俺の頬は真っ赤に染まった。

「また後でね」

「う、うん」

後でならいいんだ。と、そんなことを思いながら、俺は少しのぼせてきた頭を冷やすように水滴のついた天井を見上げるのだった。

◆

落ち着かない足を揺らしていた。

ベッドの上で視線がせわしなく動き、ちょっとした物音にも身体が震える。

「ふぅ。いいお湯だったわね」

聞こえてきた声のするほうを見て、俺はあんぐりと口を開けた。

「なによ、私の顔になんか付いてる？」

ぶんぶんと首を振った。付いてはないが、見てしまう。

リリィはいつかの日のネグリジェ姿で立っていた。

見たことはあるはずだが、こうして明るい部屋で立っている姿を見ると、どうしても意識してしまう。

あのときは直視できなかったが、よく見ればリリィのネグリジェは色々なところが透けていた。

「に、似合ってる！」

「ありがと」

なんとか言えた褒め言葉にリリィがくすりと笑う。濡れた髪をタオルで乾かしながら、リリィはゆっくりと俺の座るベッドへと近づいてきた。

間近で見るとよく分かる。ネグリジェの生地が少しだけ前に出た部分に目が留まり、俺は慌てて視線を横にずらした。

「そうだテッペー。あんたにあげるものがあるから、ちょっと目瞑ってくんない？」

「え？　あ、うん。分かった」

リリィの素足に目をやっていると、そんなことを言われる。

なんだろうと思ったが、ひとまず言われる通りに目を瞑った。

暗い視界の中で、それでもリリィがそこにいるのを感じて、ひどくどきどきしてしまう。

先ほどの風呂場でのやりとりを思い出して、俺は「まさか」と喉を鳴らした。

「両手出して」

けれど、俺の予想は外れたようだ。なにかを渡されるようで、少しだけ残念に思いつつ、俺はリリィへと広げた両手を差し出した。

両手が包まれる。すぐに分かった、リリィの手のひらだ。そのまま身体が前に引かれ——

「……んっ」

唇に、柔らかな感覚が広がった。

手が更に引かれる。リリィのもう一つの手のひらが俺の後頭部を支え、押しつけるように引き込んだ。

「んぅ……ん」

俺はなにも言うことができないまま、ただただリリィの唇を感じていた。馬鹿な俺にも分かる。今自分は、リリィとキスをしている。

何度も何度もリリィの唇と俺の唇が重なった。舌は伴わないが、リリィの湿った吐息が合わさる度に口元を刺激する。

どれくらいしていたのだろう。俺にとっては永遠のようにも思える時間が終わり、リリィの唇がゆっくりと離れた。

目を開けていいのだろうか。半信半疑で、けれど恐る恐る瞼を開く。

そこには、どこか熱を持った瞳で自分を見つめるリリィがいた。

「ファーストキス、私の」

短く呟かれたが、言っていた「あげるもの」の答えであることに気がついた。

どう答えたらいいか分からずに、俺はただ「ありがとう」と呟き返すので精一杯だった。

「あんたの二回目は、私だね」

そう言うと、リリィは俺を押し倒した。

小さく「あっ」と言う間もなく、いとも容易《たやす》く俺はベッドに転がされる。

そのまま、リリィの手が俺の両手を押しつけた。

「り、リリィ」

動かない。動くはずがない。彼女に腕力で勝てるはずなどない。

リリィの口元が笑ったように見えた。

「んっ」

キスをされた。先ほどよりも強くリリィの唇が押し当てられ、そして柔らかな舌が小さく唇を刺激した。

抵抗する暇もなく、するつもりもないのか、俺の口はリリィの侵入を歓迎する。

リリィの身体の熱を感じながら、俺はされるがままに目の前の少女を受け入れた。

◆

何秒そうしていたのだろう。

拘束していた腕の力が弱まり、リリィの唇がゆっくりと離れていく。

「三回目も、私だね」

細く糸を引いた舌先がちらりと覗き、俺はリリィの呟きを黙って聞いた。

熱を持ったリリィの顔がこちらを見つめてきている。

改めて見なくても、リリィは可愛い。とびきりだ。

こんな子とキスをしたことが未だに信じられなくて、俺はつい視線を逸らした。

そんな俺の顔をリリィは両手で摑んで前に向ける。無理やり視線を合わせられたかと思えば、再び唇を重ねられた。

「……四回目も、私」

その一言にどきりと胸が鳴った。直感的に目の前の少女に敵わないことを悟り、自然と強ばった身体が白旗をあげる。

リリィは止まらなかった。笑顔なのか嘲笑《あざわら》われているのか、ともかく何度めかの口づけが始まる。いや、何度めかなんて分かりきっている。彼女が数えてくれているのだから。

「五回目も……六回目も、私」

二回連続したキスの後に、リリィは髪を搔き上げた。指で手ぐしを通す様子が妙に扇情的で、俺は吸い込まれるようにリリィの顔を見つめてしまう。

「ずっと、ずっと。百回目も、千回目も……私」

頷こうと思ったが、俺は得体の知れない力に押さえつけられるようにただただリリィを見上げていた。

彼女の口元が小さく動き、俺はなぜか久しぶりにリリィの声を聞いた気がした。

「あんた……私のことどう思ってるの？」

「え？」

思わず聞き返した。どう思ってるのかと言われても、そんなことは普段から伝えている。

「す、好きだけど」

そりゃあそうだ。むしろ「どう思ってるの？」はこちらの台詞である。けれどそんなこと言えるはずもなく、俺はじっとリリィの返事を待つことしかできない。

不服そうに、リリィは先ほどとは違うどこか気恥ずかしそうな眼差しで俺を見下ろした。

「どれくらい好きなのよ」

「え？　ど、どれくらい？」

なんて質問をしてくるんだと俺は思った。ありきたりだが、経験不足の俺からすれば正しい解答をするのは不可能に近い。

両手を広げて「これくらい」とでも言えれば楽なのだろうが、それではダメだということくらいは俺にも分かる。

「私は……私は結構好きよ」

ずいと、リリィが俺に覆い被さってきた。キスのためではない。じっと、真っ直ぐに見つめながら話すリリィに俺は困惑してしまう。

正直、リリィも全然具体的じゃない。

「お、俺も……すごく好きだよ」

「だからどれくらいよ」

卑怯だ。そう思った。これが男女差別かと思ったが、そんなことを考えている場合ではないので必死になって出口を探す。

けれど、おろおろと俺が言葉の迷宮に囚われている間に、リリィは聞き間違いかと思うような答えを口にした。

「私は、その……してもいいかなってくらいには……好きよ」

「ふぇ⁉」

間抜けな声が出た。してもいいと言われても、まさかとしか言いようがない。

ただ、なんとなくそうなんだろうと思いながら、けれど到底信じられずに俺は情けないことに聞き返してしまう。

「な、なにを……？」

これはダメだ。せっかくリリィが勇気を出してくれているのに。言いながら後悔している俺の前で、リリィはか細く呟いた。

「結婚。ほんとの」

その瞬間、俺は自分で自分をぶん殴りたくなった。

ふるふると震えるリリィを見て、自分の間抜けさ加減に嫌気が差す。邪な考えに現《うつつ》を抜かしていた自分を消したくなった。

けれどそんなことは後だ。俺は、今度こそ本当に自分の気持ちを口にした。

「お、俺も！　け……結婚しよう！　本当に、その……俺でいいなら！」

もっとスマートに言えないのか。そう思ったが、目の前のリリィの目が大きく見開かれる。

ごくりと唾を飲んで見つめると、リリィは嬉しそうに、それはもう嬉しそうに笑った。

「なによそれ！　あはは！　も、もっとかっこよく言えないの？」

「ご、ごめん」

もっともな言葉である。点数をつければ二十点あればいいほうの俺のプロポーズに、リリィは目に涙を浮かべながら笑っていた。

「はは、笑ったらなんか気が抜けちゃったわ。結婚はまた今度ね」

「ええっ⁉」

驚きすぎて思わず声に出てしまった。なんだかんだで頑張ったのに、ここに来ての保留に俺は困惑するしかない。

一体全体さっきまでの時間はなんだったのかという俺の視線を受けて、リリィはさすがにばつが悪そうに頬を掻いた。

「いやー、つい勢いで言っちゃったけどさ。あんたが魔王になれないと結婚もなにもないわけよ。さっさと結果出して、ちゃっちゃと魔王になんなさい」

「うっ……そ、それは確かに」

ここまで来れば大丈夫なような気もするが、かといってまだ安心はできない。例えばカジノ計画が今後大崩れするようなことがあり、王家の懐に甚大なマイナスがあったとあれば、リチャードはともかく周りの面々は俺を認めはしないだろう。

「でも、それにしたってさ」

「ふふふ、なによ。いっちょまえに文句言う気？」

ぷにぷにと頬をつつかれる。文句というわけではないが、それでもお互いに頑張って口にしたのだからなにか欲しい。

そんな俺の心を見透かしてか、リリィはくすりと笑って俺の耳元へと口を近づけた。

「まぁ確かに、あんたにしては上出来な告白だった気もしないではないわ」

「そ、そう言われると照れるけど」

というか、あれで上出来なら普段どんな風に思われているのか。

「ご褒美欲しいんでしょ」

「え？」

くすりと笑う声が聞こえた瞬間、リリィの吐息が耳に触れた。

「……じゃあさ、交尾しよっか？」

◆

聞き間違えだと思った。

優しく見つめてくるリリィの顔が静かに笑う。

その微笑みに、俺は先ほどの言葉を頭の中で巡らせた。確か、魔界に来たその日にも聞いた言葉だ。

言い方に、噴き出してしまったのを覚えている。

「ふふ……なによ、あんなにしたそうにしてたのに」

見抜かれている。リリィの身体が近づいてきて、そっと俺を押し倒した。

あっと言う間もなく、リリィが目の前に覆いかぶさる。

「交尾、しよ？」

そのまま、再び柔らかな刺激が唇に伝わった。

「んっ……七回目」

くすりとリリィが微笑んだ。

俺のほうはというとキスだけで心臓は壊れそうで、その鼓動が隠し切れずにリリィに伝わる。

「心臓ばくばくじゃない。キスだけでそんなんでどうするのよ」

「だ、だって」

仕方がない。なにせあのリリィだ。七回だろうが百回だろうが千回だろうが、変わらず心臓は跳ねるだろう。

「テッペー、可愛い」

そう言って、リリィは俺の両腕を自分の手でふさいだ。動こうとしたが、全然ぴくりとも動けない。

まるで鋼の枷《かせ》をはめられたように、俺はリリィに固定された。

「ほら……八回目」

唇がこじ開けられる。数分前よりも乱暴に、リリィの舌先が口の中に入ってきた。

「んっ、ん……んむっ」

リリィの漏れる吐息に熱がこもりだす。いつの間にかリリィは身体を押し付けて、俺とのキスに没頭していた。

「あむっ、んぅ……テッペー、舌……べぇってして」

「う、うん」

促されるままに舌を出す。それに、すかさずリリィが吸い付いた。

目の前の光景に頭が追い付かない。

だって、あのリリィが。あのリリィが俺の上に覆いかぶさって、愛しそうに舌を絡めてきている。

「んぅ……ちょっとテッペー、なんか当たってる」

「ご、ごめん！」

指摘され、俺は慌てて腰をベッドに引いた。

こんなの我慢できるわけがない。なんなら俺の下半身は、リリィに押し倒された辺りで完全に白旗を揚げている。

慌てる俺に、けれどリリィは笑みを浮かべた。

「別にいいわよ。私と交尾したくてたまらないんでしょ？」

「う、うぅ」

恥ずかしい。丸分かりもいいところで、そんな俺の様子を見てリリィは愉快そうにまた笑った。

「お願いしなさいよ。そしたらなんだってしたげる」

意地悪な言葉に、俺は困ったように眉を下げた。さっきは「しよ?」なんて言ってたのに、気づけば要求が増えている。

「な、なんでも?」

けれど、それくらいは当たり前のことなのだ。リリィの身体に目を落として、俺は弾けそうな心臓を心配した。

「そうよ、なぁんでも。交尾でも交尾でも交尾でも、あんたの好きなことしていいから」

にんまりとリリィが笑う。

それはもう一択なのではと思いながら、俺は意地悪な笑みで見つめてくる婚約者をじっと見つめ返すのだった。

◆

子犬のような顔が私を見つめてきていた。

「リリィと……こ、交尾がしたい……です」

不覚にも、それを聞いた瞬間に、私の奥がきゅんと音を立てる。

テッペーにしては上出来な懇願を、けれど私はダメ出しした。

「だめよ。それだとお願いになってないじゃない。ちゃんとお願いしないと、交尾はお預け」

「うぅ」

私の声を聞いたテッペーが「そんなぁ」と眉を下げた。そうそう、その顔だ。

このアホのテッペーは、どうしようもないくらいにアホでヘタレで、けれど私にぞっこんなのだ。

(そういうとこが、好き)

アホとかヘタレとか、そんなものはどうでもいいのだと気づく。

「言ってテッペー。私としたいって。一生懸命お願いして」

聞きたい。もっと、求められてるのを確認したい。

テッペーはアホだけど優しいから、きっと言ってくれるはずだ。

少し気恥ずかしそうに下を向いた後、テッペーの口が開く。

「お、お願い。リリィと、したい。……こ、交尾を、リリィとさせてください」

その声を聞いた瞬間に、私はぞくぞくと背中を震わせた。

見つめる。テッペーのあそこはズボン越しでも分かるくらい、見たこともないほどに盛り上がっていて、私は目の前の雄が完全に私に屈したのを理解した。

最近調子に乗っているが、私にかかればテッペーなんてこんなものだ。

「し、仕方ないわねぇ」

どきどきと熱くなっていく身体の火照りを感じながら、私はネグリジェの紐に手をかけた。

テッペーはアホだから、これで完全に私の勝ちだ。

◆

目の前の光景を、俺は唖然と見つめていた。

それもそのはずで、「仕方ないわね」なんて呟いたリリィの指が、ネグリジェの紐を解いたからだ。

紐を外すとどうなるか？　その単純明快な答えが、目の前にあった。

「ど、どう？」

さすがに恥ずかしいのか、リリィの頬が染まっている。

もじもじと身体をくねらせて、けれどぎゅっとネグリジェを握った両手は広げた中身を隠すつもりはないようだった。

白い肌。今までも綺麗だと思ったが、今回は場所が違う。

初めて見るリリィの胸に、俺は茫然と固まっていた。

「えっと……す、すごいです」

「な、なによそれ」

リリィが不満そうにそっぽを向く。

大きな胸が、はだけたネグリジェから見えていた。胸の先はかろうじて見えないが、端からぷっくりと膨らんだ輪っかの一部が見えている。

「さ、最後は……て、テッペーがめくって」

か細い声でそう言いながら、リリィは胸を突き出した。そのせいでネグリジェが更にはだけ、本当に先っぽが引っかかっているだけになる。

もう見えているも同然だが、肝心なところが見えていない。

リリィのお願いを叶えるために、俺はネグリジェへと手を伸ばした。

「め、めくるよ？」

「う、うん」

リリィが頷いたのを確認して俺はネグリジェの端を指でつまむ。

やや押し付けるように広げたせいか、胸の先がピンと生地に引っかかった。

「んっ」

刺激でリリィの口から吐息が漏れる。

そして、広がった目の前の光景に、俺は今度こそ息を止めた。

「あ、あんまり見ないでよ」

羞恥で頬を染めるリリィの顔。けれど、決して隠そうとはしない。

ふるふると震えるように突き出された胸の先は、熱気を帯びた寝室の空気に触れていた。

白く大きな胸の先に、可愛らしい蕾《つぼみ》が付いている。

「ご、ごめん。感動して」

「感動って……ま、まぁ別にいいけど」

リリィは優しい。さっきはあまり見るなと言っていたのに。

ぷっくりと膨れた乳輪の先に、ピンと尖《とが》った乳首が起立していた。

「リリィ、おっぱいも可愛い。乳首勃《た》ってるし」

「し、知らないわよそんなことっ！　この変態っ！」

どうやら失言だったようだ。せっかくのおっぱいが腕で隠されてしまって、俺はしょんぼりと肩を落とす。

「あ、あんたね。最近、そうやってしょんぼりしたらなんとかなると思ってるでしょ？」

「そんなことないけど」

リリィみたいな可愛い女の子ならともかく、俺がしょんぼりしてなんになるというのか。でも、言われたからには試してみようと、俺はしょんぼりとした顔でリリィを見つめた。

「うっ……もう、仕方ないわね。……ほら」

そう言って、本当にリリィはもう一度胸を見せてくれた。

再びこんにちはした胸の先に、俺はやったぜと視線を送る。

もはや芸術品だ。柔らかそうで、大きいから重力を感じさせるそれには、男のロマンがこれでもかと詰まっていた。

「……触ってみたい？」

「えっ!?　いいの!?」

ぎょっとリリィのほうに向かって目を見開いた。この状況で触っていいと言われたのだから、頭とか腰ではないだろう。

おっぱいを触っていいのですか？　という俺の視線に、リリィは照れたように目線をずらした。

「そ、そりゃいいわよ。こ、交尾しようって言ってんのよ？　おっぱいくらい、堂々と揉みなさいよ」

「り、リリィ様っ！」

思わず様呼びしてしまい、それを聞いたリリィが呆れたような顔でこちらを見てきた。

「リリィ様って……あんた、私の婚約者よね？」

「それだけおっぱいは偉大なのです」

婚約者とか関係ない。なにせおっぱいを触らせてくれるのだ。そんな子には最大級の敬意をもって接するのがマナーというものだろう。

「まぁいいけど。……はい」

目の前にリリィの胸が差し出された。ふよんと、柔らかさの証明のように揺れる。

これを触っていいと言われているのだ。その現実に、俺はくらくらと頭を揺らした。

「えと、その……触っていいんだよね？」

両手を構えて、緊張で固まってしまう。本当に俺なんかが触っていいものなのだろうか？　手袋とかしたほうがいいんじゃないか。

「あーもうじれったいわね！　さっさと触りなさいよ！」

そんなことを考えていると、右手がリリィに引き寄せられた。

次の瞬間、人生で触れたことのない感触が右手のひらに伝わる。

（うわっ）

たぷんと、そんな音がした気がした。

「んっ……」

リリィの胸は、なんかもう凄かった。

俺のちんけな想像なんか、軽く超えてくる。支えるように、俺はリリィの胸を持ち上げた。

「うわ、すごっ」

「あ、ちょ……んぅっ」

まず柔らかい。そして重い。

これがリリィのおっぱいかと思いながら、俺はゆっくりと手のひらに力を入れた。

「あっ、テッペー。ま、待って……あぅっ」

びくんとリリィの身体が跳ねた。びっくりして、俺は慌てて手を引っ込める。

「ご、ごめん！　痛かった⁉」

調子に乗りすぎた。強くしすぎたかと心配する俺に、リリィはふるふると首を振る。

「だ、大丈夫！　そういうんじゃないから！」

確認すると、顔が真っ赤だ。こんなリリィは初めて見る。

不安そうに覗き込む俺に、リリィは「あーもう！」と抱きついてきた。誤魔化すように、リリィの唇が俺のに合わさる。

押し倒され、がばりと上着をめくり上げられた。

「ちょ、リリィ⁉」

「うるさいわね！　私ばっか脱いでんの不公平でしょ！　あんたも脱ぎなさいよ！」

「あっ、ま、待って！　心の準備が！　ああーッ！」

あれよあれよと言う間にズボンが脱がされ、死守しようとしたパンツにリリィの両手がかけられる。

「おりゃああッ!!」

「ひぃぃいッ！」

次の瞬間、俺のパンツは無残にもビリビリに破り捨てられていた。

ぴょこんと飛び出した息子を隠そうとするが、それもリリィの腕に止められる。

「な、なによ、結構大きいじゃない。テッペーのくせに生意気よ」

びっくりした顔で、リリィが俺のを見つめていた。恥ずかしくてどうにかなりそうだが、生憎俺の婚約者様は怪力で、力を入れてもびくともしない。

「こ、こんなに大きくして……そんなに私としたかったの？」

「そりゃあ、したかったけど」

したくないわけがない。俺の返答に気をよくしたのか「むふー」とリリィが笑顔を見せる。

「テッペー！」

「うわ、ちょ!?」

リリィが飛び込んできた。そのままキスをして、リリィに舌を搦めとられる。

「んっ、ちゅ……んあっ。な、何回目だったたっけ？」

「えっと……ご、ごめん数えてない」

九回だったか十回だったか。怒られるかと思ったが、リリィは気にせずに身体を俺に押し付けてきた。

裸にリリィの胸が当たり、脚にも脚を絡められる。

「テッペー私のこと好き？」

「う、うん。好きだよ」

返事をするのがやっとだった。なにせリリィの柔らかな身体が半身を包み込んでいて、気を抜けばそれだけでイキそうだった。

「ねぇ、テッペー。あんたの世界だと、交尾ってなんていうの？」

「えっ？　そ、そうだなぁ。セックスとか」

質問の意図が分からずに、俺は素直に返事した。それを聞いたリリィがにんまりと笑みを浮かべる。

そして、リリィは自分の下半身に手を伸ばすと、そこに穿いていたショーツの紐にゆっくりと指をかけた。そのまま、ぱらりとショーツが離れる。

それを目で追う暇もなく、リリィの脚が俺の脚に絡まった。同時に、リリィの唇が俺の耳元に近づいてくる。

「んちゅ……んっ。れろ」

「ひぅ！」

耳を舐められた。熱い吐息と舌の感触に、たまらず声をあげてしまう。

リリィの指が、さわさわと俺の股間を刺激した。

「テッペー、セックスしよ？　私の身体でセックスして」

そう言いながら、ずりずりとリリィが腰をくねらせる。なにやら湿った感触が脚に当たり、俺はばくばくと心臓を脈打たせた。

「もう無理。……テッペー、入れていい？」

リリィの身体が起き上がる。リリィの脚が開き、リリィはまるで迎え入れるように俺の上で腰を掲げた。

騎乗位というやつだ。そんな単語を思い出す暇もないまま、リリィは火照った表情で俺を見下ろす。

「あんたの初めて、私が貰うね」

それはこっちの台詞だと言いたくなることをリリィが呟き、リリィの秘所が俺の先端にあてがわれた。

「ほら、入るわよ。……セックス、セックスするわよ。あんたは私とセックスするの」

「リリィ……」

見上げたリリィの顔は、ぞくぞくするほどに美しかった。

妖艶なまでに美しい笑顔に、火照った身体。ああ、そういえばこの子は悪魔だったなと、今になって思い知る。

ぐちゅりと、卑猥《ひわい》な音が響いた。

「あっ、あっ。当たって……テッペー、い、いくわよ」

「う、あっ。リリィ、ちょっ」

ずりりと、リリィが俺を擦りあげた。入ってはいないが裏面を擦りあげられる衝撃に、俺の下半身がビクビクと痙攣する。

「んっ、あっ！　テッペー、テッペー！」

「り、リリィ！」

そして、ときは訪れた。

びゅるるるる！

「えっ」

「あっ」

リリィと顔を見合わせる。勢いよく「わーい」と飛んだ白い猛《たけ》りが、虚しくリリィのお腹に着地した。

◆　◆　◆

朝の日差しが窓から差し込んできて、その眩《まぶ》しさで目が覚めた。

ぼうとした頭で、俺はむくりと起きあがる。

「……まじか」

段々と覚醒してきた頭が、昨晩の出来事を伝えてきた。

夢ではないかとも思ったのだが、横を見るにどうもそうではないらしい。

俺の横には、生まれたままの姿で横たわるリリィが、すやすやと寝息を立てていた。

「……まじでか」

ばくばくと心臓が唸りをあげる。どこからともなく脂汗が滲んできて、俺は一旦落ち着こうと息を吸い込んだ。

深呼吸をして、改めて昨晩のことを思い出す。

「やべぇ……」

完璧に思い出してきた。俺は、昨日、リリィと、した。

いや、しようとした。

脈が変になりそうになりながら、俺は昨晩の大失態を思いだし、顔を手で覆った。

死にたい。そんな感情が溢れてきては止まらない。

「うぅん……テッペー、起きたの？」

そんなとき、リリィの細い声が耳に届いて、俺は思わず叫び声をあげるところだった。

「り、リリィ!?　お、おはよう！」

「うん、おはよ。……ふぁ」

まだ眠たいのか、リリィは寝ぼけ眼を擦りながら、それでも俺のほうへと身体を向けた。寝返りを打った拍子にシーツがめくれ、露わになったリリィの胸元にどきりと視線が行ってしまう。

それにくすりと笑いながら、リリィは楽しそうに口を開いた。

「今度はちゃんとしてよね」

「うっ」

容赦のない一言に俺は思わず胸を押さえた。

そう、そうなのだ。あの期に及んで俺は、思い出したくもないのだが、リリィとの初めてを……失敗した。

「ご、ごめん」

「あはは、またそうやって謝るー。今度って言ってんだから喜びなさいよ」

ぷにぷにとわき腹をつつかれて、俺はくすぐったさで身を捩《よじ》った。

「ぴゅって、ぴゅって出たわよね。まったく見当違いのタイミングで」

「いやその……そ、そうですね」

リリィが指先でジェスチャーを交えながら、昨晩の俺の失態を面白そうに語り出す。

正直止めてくれとも思ったが、けれどリリィが気にしていないのは僥倖《ぎょうこう》だ。懐の大きなリリィに感謝しつつ、俺は甘んじてリリィの言葉を受け入れた。

「いやもうほんと……え？　今？　って感じだったわよね。これからってときでしょーに。ほんとこの子は」

「す、すみません」

しょんぼりと息子と一緒に肩を落とす。俺の息子よ、なぜもう少しでいいから頑張ってくれなかったのか。

「しかもその後全然おっきくならないし。テッペー泣きそうだし。というかちょっと泣いてたし」

ぶっちゃけ今もちょっと泣きたい。半泣きになっている俺をちらりと見上げて、しかしリリィは太陽のように笑った。

「あはは！　なにしょぼくれてんのよ、次頑張りなさい」

「う、うん」

リリィに励まされ、俺は頑張って返事をした。

けれど随分と軽くなった心に、心底感謝してリリィを見つめる。

歳でいうなら、俺よりも年下の女の子。こんなに気を使わせて、情けないったらありゃしない。

「ありがとうね、リリィ」

「ふふ、惚れ直してくれてもいーのよ？」

とっくにぞっこんだ。したり顔で見てくるリリィの声を聞きながら、俺は世界で一番幸せ者だと、そう思う。

「つ、次頑張る」

「その意気よ、その意気」

背中をバシバシと叩かれて、俺は気合いを入れ直すのだった。

◆

「……いや、無理だよ」

数時間後、俺は朝の決意を撤回していた。

情けなさここに極まれりといったところだが、考えれば考えるほどマズい状況であると分かってくる。

「だって、ないじゃん」

そう、この世界にはアレがないのだ。緊張の最大の理由はそれだ。

アレってなんだって？　そんなものは決まっている。

コンドームだ。偉大なる地球の英知の結晶である避妊具が、魔界には存在しない。

「無理だよ……」

嫌ではない。神に誓うが、決して嫌だというわけではないのだ。

ただ、覚悟などあるわけがない。こちとら、ほんの少し前まで女の子と手を繋ぐことすら考えもしなかった男なのだ。

最近、仕事が順調だからと少し調子に乗っていた。全然、俺は以前と変わってやしない。

「いや、というかリリィは……え？」

つまり、リリィはそういうことまで含めてオッケーしてくれてたということだ。今更ながらのプレッシャーに俺は軽く目眩がしてきた。

それは、他ならぬあの美少女のリリィが俺の子供を授かってもいいと思ってくれているということで。

嬉しさよりも、もはやどうしていいか分からずに、俺は頭を抱えてしまう。

次頑張るとか言ってしまったが、頑張るということはリリィとするということで……それはつまり、リリィをそういう状態にするぞと言っているようなもので。

「……リリィを」

一瞬、お腹の大きくなっているリリィを想像してしまい、不覚にもそれにどきっとした自分を殺したくなった。

地球にいるときは、それこそ、美少女とそういうことをするのなんて夢だった。そういう本だって男の子だからそりゃあ読む。

ただ、現実は気持ちいいだけでは終わってくれなくて。

「ど、どうしよう」

とりあえず仕事だけは頑張ろうと、俺はふらふらする足取りで職場への歩みを進めるのだった。

◆

「なんでそれをうちに聞くんですか？」

呆れた顔で腕を組むネココの声を聞きながら、俺は慌てたように弁明した。

「そ、その……と、友達が……」

「いやいや、それお兄さんとお姫さんのことでしょう？」

休憩所の壁にもたれ掛かりながら、ネココはバニーガール衣装で俺を見つめた。

バレている。完全にバレている。

経験豊富そうなネココに助力を仰ごうと友人の話のフリをして質問してみたが、考えてみれば勘の鋭い彼女に聞くのは間違いだったと今更ながらに自分も呆れる。

というよりも、リリィとの夜の相談を彼女に頼ろうというのが失礼極まりない話である。俺はネココに向かって頭を下げた。

「も、申し訳ございませんでした」

「うむ。ま、今回のことは許してあげましょか」

そう言うと、それにしてもとネココは苦笑した。

ついこの間に唇を奪った男の顔をちらりと見つめて、大きく深い息を吐いていく。

「はぁ……まぁ、そういうとこ嫌いじゃないですけどね。うち、まだお兄さんのこと諦めてへんのですから」

「しょ、承知しております」

もう一度、深々と頭を下げた。相変わらず色々と情けない俺を見つめながら、ネココは先ほどの質問を反芻《はんすう》する。

「えっと、交尾についてですよね？　女の子がどう思ってるか」

「いやまぁ……そ、そうなんですが」

ストレートすぎだ。もう少し回りくどく聞いたはずだが、どうもネココはこの手の話題に物怖じしないらしい。

「どう思うもなにも、したいんとちゃいます？」

「ま、まじですか？」

俺の食いつきにネココはこくりと頷いた。ただ疑いの眼差しを送る俺に「勿論、好きな相手となら ですけどね」と付け加える。

そこは……どうなのだろう。あんなことを言ってくるくらいだからクリアしていると信じたいが、それにしても事はそれだけの問題ではないだろうと俺は思う。

「でも、結婚とか……まだですし。その、子供とか」

「あー！　アホ！　出ましたよ、アホが！」

突然のディスりに俺はびくりと身体を跳ねさせた。阿呆と言われても仕方ないが、ネココから悪口を言われるのは初めてだ。

「いいですか!?　確かに面倒なしがらみも世の中にはありますけどね、そういうの全部まとめて女の子はオッケー出すんですよ！　自分に甲斐性がないと思ったら退く、なんとかしたるわーってなるなら気にせんと行ったらええんです！」

拳を握って力説するネココに、俺は胸を突かれる思いだった。

確かに、今はそのときでないと思うならハッキリと断ればいいのだ。そうでないなら、最後まで責任を取ると覚悟すべきである。

「まぁ、相手はお姫さんですからね。最悪はクビ……いや、極刑もあるやもしれません。お兄さんでなくてもヘタれるんは当たり前です」

「え？」

極刑。つまりは死刑である。一瞬どきりとしたが、流石《さすが》にそれはないだろうと思う。……思いたい。

「にゃふふ……まぁ、個人的には王族のお姫さんなんかより、村娘なんかのほうが安全で断然お勧めです。なんならほら、今すぐにでも仕込んでくれて構わないんですよ？」

「な、なにをですか……？」

と、そうこうしているといつの間にかネココが俺の横に腰掛けていた。バニー衣装の胸元をずらしながら、これ見よがしに迫ってくる。

「なにをって……そんなの決まってるやないですかぁ。ふふ、大丈夫ですよ。お兄さんの好きなようにしてくれて構いませんからぁ」

「大丈夫じゃないですよそれ⁉　ちょ、ネココさん⁉」

膝の上を優しく撫でられて、ぞくぞくとした刺激が背中から上る。

距離を取ろうと両手を出したときに、手のひらがぽよんとネココの胸に当たった。ぎょっとして目を見開くが、ネココは笑って「あらあら」と居住まいを正してくれる。

「す、すみませんっ」

「ふふ、ええんですよ。なんなら揉みます？」

有り難い申し出は丁重にお断りして、俺は相変わらず押しの強いネココを羨ましく見つめた。

「……すごいなぁ、ネココさんは。いつも全力っていうか、自信があって」

恋も仕事も、この猫娘さんはいつも全開だ。男と女の違いはあれ、彼女のような愛らしさと明るさを持っていれば、俺も少しはマシになれるのだろうか。

「別に、自信なんてありませんよ」

そんな俺の考えを、ぽつりと落ちた声が遮った。

見ると、ソファに背を預けながらネココが目を細めている。

いつも自信に溢れて元気いっぱいの看板娘。こんな顔もするんだと俺は彼女を驚いて見つめた。

「うち、貧民街の出身なんです」

「え？」

聞き慣れない声色で、けれど俺が聞き返す前に彼女の言葉が続いていく。

「ほんと酷いとこでしてね。うちは自分のこと平民や言うてますけど、そう言えるようになるまでに……割と頑張ったんですよ」

俺はじっとネココの話に聞き入った。聞きたいこともあったけれど、まるで独り言を吐き出すような彼女の顔に、邪魔するべきでないと思ったからだ。

「ゴミ集めから始まって、何歳のときやろか……皿洗うか？　って聞かれたんです。あのときの店長さんには、今も感謝してます」

想像する。薄汚れた少女。昔から彼女はあの笑顔を持っていたわけではないだろう。

ネココはなにかを伝えるように、俺の顔をじっと見てきた。

「自信なんかありませんよ。今もです。それでも行くんです。胸を張るんです。お金持ちに……幸せになるためなら、うちはなんだってしてします」

どきりとした。真っ直ぐに見つめてくる彼女の瞳に、俺は思わず胸を高鳴らせる。

なんだって。その中に、彼女なりの道理と矜《きょう》持《じ》があることを俺は知っているから。だから、彼女の強さに憧れるのだ。

「ほんまに、お兄さんにやったらなにされてもいいんですよ。うちも、なんだってしてあげます」

ネココの口が開く。

「うちは、お兄さんが好きです。お金持ちやからです。他にも沢山たくさん大好きやけど、やっぱりうちにとっては大切なことです」

分かっている。それを嫌だと思うには、俺はこの子のことを知りすぎた。

「お兄さんのためならなんでもします。仕事もうちなら支えられます。カジノを成功させたいと望むなら、世界一の看板娘になってみせます」

俺は、感謝した。こんな子に、俺は愛の言葉を貰っている。

「答えてください。うちじゃだめですか？　うちをきっぱり捨てれるくらい、お姫さんのことが好きですか？」

ネココは、俺に向かってその真っ直ぐな眼差しと声で問いかけた。

そんな彼女を、俺ははっきりと見つめ返す。

「俺は、リリィが好きだ」

間を置かず言えたのは、きっと彼女のおかげだろう。

ネココは、俺の返事を悲痛そうに聞いていた。

一瞬だけ眉を寄せて、ぐっと悔しそうに拳を握る。

俺なんかのためにここまで頑張ってくれる女の子。好きかと聞かれれば、はいと言うしかないだろう。

だから、やっぱり彼女は強いのだ。きちんと比べるように、聞いてきてくれたから。

「ありがとうネココさん。俺、頑張るよ。ネココさんみたいに。リリィの隣で胸を張れるよう、頑張ってみようと思う」

平凡な俺がお姫様と。どこまでも不安は尽きないけれど、逃げてちゃ目の前の彼女に申し訳ない。

俺より相応しい奴なんてたくさんいるんだろう。だけど、それでも目指すことはだめなことじゃないんだ。

俺は、少しだけ息を吸い込むと、ネココに向かって吐き出した。

「魔王になるよ。呼び出されたときはびっくりしたけど……俺なんかでいいのかって未だに思うけど、それでも……それでも俺は目指そうと思う。ネココさんが教えてくれたように、頑張ろうと思う」

　今度こそ、ネココは驚ききったように目を見開いた。

　一瞬なにを言っているのか聞き返そうとして、そして彼女の顔が悔しそうに目を瞑る。

「……ほんま、うちってアホやわ」

　少しだけ、本当に少しだけ名残惜しそうに呟いて、ネココは俺へと顔を向けた。

　きっぱりと、澄み切った顔だった。

「これで、さよならです。お仕事は頑張ります。お兄さんのことも、きっと忘れません。でも……うちが好きになるんは、ここまでです」

　ここが恋の終わりだと、彼女は告げた。

　やっぱり、強い。俺なんかより、よっぽど魔王の素質がある。

　ネココの右手が伸びてきた。その手を取り「ああ、終わったんだ」と理解する。

　心のどこかで、打ち明けたら……もしかしたらもう少しだけ。そんなことも、弱い俺は思ってしまう。そんな俺の弱さを見透かすように、しっかりしろとネココは右手を握りしめた。

「勝ち目のない勝負はしません。魔王の恋人は憧れるけど、この勝負、お兄さんとお姫さんの勝利です」

　握りしめられた右手が痛くなる。ネココは一瞬だけ目を瞑った。

　なにを思い出していたのだろうか。ただ、再び開いた彼女の目に後悔の二文字はない。

「立派な魔王になってください。お姫さんを幸せにしてあげてください。うちを振ったんですから、すごい人になってください」

なぜだか泣きそうになってしまい、俺はぐっと涙を堪えた。

彼女との関係がなんだったのか、それは俺には分からないけれど、それでも俺は目の前の少女を決して忘れない。

明日からも彼女はカジノにいるだろう。話しかければ笑ってくれるだろう。

けれど、目の前の彼女は、きっともうすぐいなくなる。

「大好きでした。お兄さんに振られたんは、うちの自慢です」

そんなことはない。俺のほうが……俺のほうこそ。

けれど意地でも言葉にはせずに、俺はネココをじっと見つめた。

右手が離れる。本当の本当に、これで終わりだ。

「さよなら、お兄さん」

ネココの声を聞きながら、俺は黙って頷いた。

◆　◆　◆

一際歓声のあがる場所に彼女は立っていた。

彼女の周りに溢れている笑顔を、俺は眩しそうに見つめてしまう。

カジノの中でも上得意《じょうとくい》が集うＶＩＰルーム。その一等卓で、見事にカードを捌いている少女の尻尾が揺れる。

手先のスキルだけではない。彼女が口を開く度に楽しげな笑いがあがり、勝負の熱が加速していく。

『看板娘、なりますよ。お兄さんのためじゃなく、自分のために』

そんなことを言う彼女の目は、既に俺よりもずっと先を見据えていて。頑張らなくてはと気を引き締めた。

「ネココさん、相変わらず凄まじい人気ですな。彼女の卓だけ、売り上げも尋常じゃありませんよ」

どこから現れたのか、資料を片手にリチャードがモノクルに指を置く。単純な収支だけではない。彼女の恩恵がどれほどのものか、ここで働くものなら誰もが知っている。

「特にここ最近の彼女は、以前にも増して目を見張るものがありますな。……もしや、テッペー殿がなにか？」

リチャードの言葉に俺はくすりと笑った。皆、俺を買い被りすぎだ。

俺なんていなくとも、彼女は変わらず強く進む。

「まさか。俺はなにもしていませんよ」

寧《むし》ろ、俺がいなくなったときのほうが成績がいい。少し複雑に思いながら、俺はカジノ自慢の看板娘を見つめた。

ほんの少しだけ勿体なかったかなと思ってしまい、俺はそんな自分に苦笑する。

これじゃあ彼女に叱られてしまう。

消え去ってしまった時間の中の彼女を僅かに思い出しながら、俺は伸びをして声を出した。

「よーし！　俺たちも負けてられませんね！」

リチャードが頷き、俺たちは自分の持ち場に戻っていく。

最後に一度だけ振り返って、俺は小さく呟いた。

「さようなら、ネココさん」

第8話　魔王の証（前編）

おかしい。

なにがおかしいかといえば、テッペーがおかしい。

「絶対におかしい」

何度おかしいと思ったか分からないが、絶対に絶対におかしい。

のほほんとしたテッペーの顔を思い浮かべて、私は盛大に眉を寄せた。

テッペーの奴の未遂事件から既に七日以上が経過している。

わざわざ私がアホのテッペーでも分かるようにと「次は」などと言ってやったにもかかわらず、あのアホのテッペーはアホだからあれ以来なにも言ってこないし、やってもこない。

いや、なにか言ってはくるのだ。別に喋らないわけではない。けれど、なんというかそういう話題は皆無で、なんならあのアホは未だに床で寝ている。

「……まさか、私の想像以上にアホ？」

そんなはずはないと思う。なにせ、あんな一大プロジェクトを成し遂げた私の自慢の夫（予定）だ。私の口の悪さはともかく、本当にアホならあんなことできないだろう。

でも、こと女性関係において、あのアホは他の追随を許さないアホであることを思い出す。それが交尾となると、もう赤子のようなものなのかもしれない。

正直、もしかしたら、そんなことはないと思うが、あれで交尾が成功したと思いこんでいる可能性すらある。その場合、あそこまで落ち込んだ理由が分からないが。

「こうしちゃいられないわ！」

多分なんか勘違いしているのだろう。そうに決まっていると結論づけて、私はテッペーの元へと駆けだした。

◆

「相変わらず騒がしいところね」

カジノに入ると、そこには五月蠅《うるさ》く煌びやかな空間が広がっていた。

これ見よがしにキラキラと、これでもかと豪華なフロアに私はうんうんと頷く。

「さすがテッペーね。やっぱこれくらいやんないと」

なにせ王家の権威を誇示する建物だ。豪華すぎることなんてありはしない。むしろまだ地味すぎるくらいだと私は辺りを見渡した。

「ここら辺に私の銅像とかあるといいわね。テッペーに頼んで造ってもらいましょう」

腰に手を当ててフロアの隅のスペースを見やる。これだけあれば銅像くらいなら置けそうだ。壁にかかってる絵はどければいい。

と、そんなことをしている場合ではない。テッペーだ。どうせ仕事が忙しく、あいつのことだから今日も遅くまで残るつもりに決まっている。

「たまには早く帰ってきてもらわないと」

全く以《もっ》てなにを考えているのか。仕事も大事だが、休息も、夫婦の時間も同じくらい重要だ。連日連夜あんなに遅くに帰ってこられたら、やることもやれない。

一回しっかり言わないとと、私はテッペーを探した。

客で混雑している店内は動きにくく、ドレス姿が目立つことはないがテッペーも見あたらない。

「あれ、姫様やないですか？」

どうしたもんかと途方に暮れていると、覚えたくなくとも覚えてしまった声が聞こえてきた。

振り返れば、雌ネコがきょとんとした顔で私を見ている。

「なによ雌ネコ。あんた仕事はどうしたのよ。さてはサボりね？」

「ちょうど休憩行くとこですよ。姫さんこそどーしたんです？」

そのとき、私は妙な違和感に襲われた。

なぜだろう。上手く言えないが、なんだか雌ネコが雌ネコじゃなくなった気がして、私は首を傾げたのだった。

◆

「あはは！　さすがにそこまでじゃありませんて！」

数分後、案内されたスタッフルームの中で、私は笑う雌ネコを睨んでいた。

未遂とはいえ交尾をしたのだ。一歩どころか完全にリードだと自慢してやると、雌ネコはおかしそうに笑い出した。

こいつにテッペーのなにが分かるというのか。

私が睨んでいると、雌ネコは涙を浮かべながら「すみません」と謝ってくる。

「いえね。そのことでうち、テッペーさんから相談受けましてん」

「テッペーから？」

なにか違和感を覚えたが、それは無視して私は聞いた。

「随分と悩んでましたよ。まぁ、男の子ですから。責任とかあるでしょうし」

「別にいいのに」

なんだそんなことかと私はホッとした。ほんの少し、絶対にあり得ないことだが、ほんの少しだけ私の身体になにか嫌なことでもあったのだろうかと心配だった。

どうやらテッペーは、私との交尾にもヘタレ根性を発揮しているらしい。

「あれやないですか？　魔王になってから～とか、考えてるのとちゃいますか」

「って、ちょっと待ちなさいよ。なんであんたがそのこと知ってんのよ」

ここは聞き流せないと、私は雌ネコを睨みつけた。そのことは、私とテッペーと、ついでにリチャードだけの秘密だ。

「テッペーさんから教えてもらいました」

雌ネコの発言に私は益々《ますます》眉を寄せた。テッペーのことだから軽い気持ちでは話していないだろうが、なんかとてつもなく面白くない。

けれど、それよりも気になることに気がついて、私は雌ネコに向かって首を傾げた。

「というか、そのテッペーさんってなによ。あんたまさか、私のテッペーにキス以上の手出ししたんじゃないでしょうね」

であるならば、もはや火炙《ひあぶ》りにするしかない。

しかし、私の予想に反して、雌ネコはどこかふっきれたような顔で口を開いた。

「交尾に誘いましてね」

「は?」

殺す。聞いた瞬間、拳を握りしめ振りかぶった。

そのときだ。

「うち、振られたんです」

拳を止める。相変わらずむかつく顔で、雌ネコは私のほうへ振り向いた。

「テッペーさん、姫さんのこと愛してますよ」

「へ?」

にこりと微笑まれ、私は振り上げた拳の行き場所をなくした。

くすくすと笑いながら、雌ネコは懐かしそうな顔で私を見つめる。

「羨ましいわぁ。……本当に、羨ましいです」

「と、とと、当然よ！　て、テッペーは私だけを……あ、あああ、愛してるんだから！」

言ってやった。悔しがるかと思ったが、雌ネコは晴れやかな顔で立ち上がると、私に向かって近づいてきた。

「応援してますよって。幸せになってください」

「ふぇ⁉」

そう言うと、雌ネコは私の横を通り過ぎて行く。

私はわけが分からずに、ただただ唖然と雌ネコを見送った。

「テッペーさんなら、待ってれば来ますよ。そろそろ休憩のはずですから」

ディーラーの衣装を直しながら、雌ネコはカジノへと戻っていく。

「あ、ありがと」

もはやなにが起こっているのか理解できずに、私は礼なんて呟いてしまった。

◆

休憩室に入ると、なぜかそこにリリィがいた。

なにやら難しそうな顔で腕を組んでいたが、俺が入ってきたことに気がつくとパッと笑顔を輝かせる。

「あ、テッペー！」

「リリィ、どうしたの？」

そういえばここに来る途中、休憩帰りのネココとすれ違ったのだが、含みのある笑みを浮かべていたなと思い出した。

「雌ネコがここで待ってればあんたに会えるって言ってたから」

「なるほど。……って、そうじゃなくて」

おそらく休憩室に案内したのはネココだろう。そこはファインプレーなのだが、俺にはリリィの行動を読むのは難しい。

俺の顔をふんすと見つめて、リリィはにっこりと笑みを浮かべた。

「あんた、あの雌ネコにきっぱりと引導を渡してやったらしいじゃない。それでこそ私のテッペーよ！　褒めてあげる」

「え？　ああ、ネココさんと話したのか」

詳細は不明だが、ひとまずリリィは上機嫌のようだ。目を細くしながら満足そうに笑う姿は、相変わらず可愛らしい。

(ということは、ネココさんとのことは聞いてるのか)

少し気恥ずかしいが、それならそれで好都合ではある。俺は最初からリリィ一筋なわけで、それがリリィにもちゃんと伝わったようだ。

俺の顔を見上げながら、けれどリリィは少しだけ眉を寄せた。

「でも、私との交尾を雌ネコに相談するなんて。ほんと、どういう神経してんの？」

「面目次第もございません」

その話もしているのか。これはまずいですよと思うが、どうもリリィは話したこと自体を怒っているわけではないようだ。「それはともかく」と俺に向かって両手を広げた。

「ぐちぐち悩んで。雄ならどんと襲ってきなさいよ！　なんならここで抱きなさい！　私を！　今すぐ！」

「えぇ……」

思わず声に出てしまった。案の定リリィはぷんすかと怒り出すが、さすがに無茶というものがある。

こんなとこで王女とおっ始めた日には、周りからどう言われようと反論できない。

「なによ！　やっぱり私とするのが嫌なんだ！　テッペーのくせに！」

「いやいや！　そんなことはないよ！」

怒っているリリィの目尻に段々と涙が溜まってきているのを見て、俺はぎょっと目を見開いた。うおー！　と暴れるリリィをなんとか宥めつつ、俺は自分の馬鹿さ加減を後悔する。

「だってッ……テッペー、なんかすぐ寝るしッ。全然、襲ってこないしッ」

「ごめんって！　別に嫌なわけじゃないよ！」

自分なりにきちんとしてからと思ったつもりだったが、リリィへの配慮が足りていなかった。リリィだって勇気を出して次を誘ってくれたのだ、そりゃあ無視されていたら不安にもなる。

「……ほんとに？」

「ほんとほんと！」

勢いよく頷いて、それを見たリリィが鼻水を豪快にすすった。「じゃあなんで？」と聞かれて、そりゃそうだよなと俺はリリィの顔を見つめる。

「いやその、そういうのはちゃんと魔王になってからにしようと思ってさ。魔王になって、自信持ってリリィを抱くよ」

自分で言っててとんでもない。女の子と手も繋いだことがなかった奴が、今では女の子を待たそうとしている。

ただ、俺の精一杯のかっこつけを、リリィはじっと見つめて聞いてくれた。

「毎晩？」

「え？　いや、毎晩!?」

思わず聞き返す。リリィの体力を考えたら身が保たなそうだ。

けれど、魔王になるというのはそういうことなのだろうと思い直し、俺は強く頷いた。

「わ、分かった！　任せろリリィ、毎晩だ！」

「……うーん、毎晩はいいかも」

どっちなんだ。せっかくの決意をかわされて、女の子ってよく分かんないわと俺はリリィを見つめる。

ただ、泣いていたリリィがいつの間にか満面の笑みに戻っていて。

「むふー。楽しみ」

待ってるからねと笑うリリィに、俺はこくりと頷くのだった。

◆
◆
◆

「魔王の証？」

その日、俺とリリィは寝室を訪ねてきたリチャードの話に首を傾げた。

「なにそれ。そんなものがあったら苦労しないわよ」

ソファでふんぞり返りながらリリィが言う。それには俺も同感で、そんなズバリなものがあるならこれ以上の話はない。

リチャードもそれは承知なのか、モノクルに指を当てながら一冊の本を見せつけた。

「わたくしもそう思っておりました。しかし、これを見てくださいませ」

「なによ……えっと『魔王の証明』？　なにその古くさい本」

リリィの言うとおり、リチャードの持つ本はところどころ破れたりしていて、数百年の年季が入っていると言われても違和感はない。

その中の一ページを開きながら、リチャードは丁寧な口調で説明し始めた。

「どうやら、王家には魔王に就任する際の試練のようなものがあったようなのです。その試練に打ち勝った者が魔王となる証を手にすることができる……と。事実、これに書かれている記録によれば歴代の魔王様方はその試練を乗り越えているご様子」

「試練ー？　そんなの聞いたことないわね。……っていうかリチャード、あんたお父さまが魔王に就任したときに側にいたんでしょ？　他の四天王はともかく、なんであんたがその試練のこと知んないのよ」

もっともなリリィの指摘に、リチャードは面目なさそうに頭を下げた。ページに目を落とし、こんなものがあったとはといった様子だ。

「なにしろ、魔王様の活躍は非の打ち所がありませんでしたから。もしかしたらお母上はご存じだったのかもしれませんが、必要ないと判断なされたのでしょう」

「まぁ確かに……お父さままでダメなら誰が魔王やんのよって話だしね」

難しい顔をしながら、リリィは俺の顔をちらりと覗いた。

言いたいことは分かる。リリィのお父さんは大戦の英雄で、どれくらい凄かったかというと、そんな魔王の証なんて必要ないくらい皆から支持されていたということだ。

反面、俺がその証を持ってないのは非常にまずい。

それにリリィも気づいたのか、苛立たしげに爪を噛みしめた。

「まずいわね。そんな試練、テッペーにクリアできるとは思えないわ。最悪……というかほぼ確実に死んじゃうわよ」

「……俺もそう思う」

なにせ魔王の証明をするための試練だ。どんな内容かは知らないが、正直なところただの人間である俺がクリアするビジョンが全く思い浮かばない。

「お父さまもやってないんだし、いっそ無視するってのは？」

「それはまずいでしょうな。ほぼ確実に反対勢力に問いただされます。その場合、各派閥の候補者たちで試練に挑む流れになりかねません」

というか、そうなるだろう。そして俺の出る幕はなくなりそうだ。

八方塞がりな状況に、リリィは「あーもう！」と髪を掻きむしった。

「内容は？　体力勝負じゃないなら、テッペーでもチャンスはあるわ」

「それが……どうも試練の内容は極秘事項のようで。一切の記述がありませぬ」

ページをめくりながら、リチャードが苦しそうに声を出す。当然といえば当然だが、ここに来てそれはあまりにも痛い。

けれど、リチャードはとあるページに指を止めて、うむと力強く頷いた。

「ですが、可能性はありそうですぞ」

◆　◆　◆

「で、ここがその、魔王の証とかいうのが眠ってる遺跡なわけね」

腕を組み、仁王立ちしたリリィが前を見据える。

草木が生い茂った森はいかにも怪しげな雰囲気で、傍らのリチャードと共に俺は辺りを見回した。

「なんか、結構静かですね」

「特にこれといって目印のようなものもありませんな」

この広大な森のどこかに試練のための遺跡がある。けれどそれらしきものはどこにも見あたらず、俺はきょろきょろと顔を動かした。

「遺跡を探すのも試練のうちって感じですかね」

「大いにあり得ますな。詳しい場所が載っていなかったのも、引っかかりましたし」

本のページをめくりながらリチャードが思案する。大ざっぱな場所以外は書かれておらず、要は自分で見つけろということだ。

「あーもう、めんどくさいわねー！　せっかく私たちが付いてきてるっていうのに！」

リリィが叫ぶ。

そうなのだ、この頼もしい二人は、俺の試練に参加するためにここにいる。

『え？　他の人が参加してもいいんですか？』

『そのようです。魔王とは、上に立つ者。部下の力は魔王の力ということでしょう』

リチャードの話を思い出す。正直、二人が付いてきてくれるのならば話は別だ。

「ま、私とリチャードがいるなら勝ったようなもんよ！　どんな化け物が出てこようとぶち殺してあげるから、安心しなさいテッペー！」

「あ、うん。頼りにしてる」

ぐっと拳を握るリリィを頼もしそうに俺は見やった。リリィの豪腕は知っているので、もし試練が力業だけならば拍子抜けなことになりそうだ。

ただ、そう簡単にいくはずもないと思う。むしろ配下の人を連れてきていいということは、それだけ試練の難易度が高いということではなかろうか。

「しかし、なんかさっきから似たような景色ねー。どこにあんのよ、遺跡ってのは」

「あっ」

眉を寄せるリリィの視線の先を見て、俺は思わず声をあげた。

目線の先の木の枝に、赤い紐が結ばれている。

「なにあれ？」

「俺が帰りのために結んでた目印だよ。あれ、おかしいな？　ぐるっと一周しちまったのかな」

一応、まっすぐに進んできたつもりだ。不可解な目印の出現に首を捻っていると、リチャードが宙に向かって手をかざす。

その瞬間、まるで波打つ水のように空間が歪められ、青白い波が揺れ動いた。

「テッペー殿、さすがです。ここを境に、空間をねじ曲げる術式が張られています」

意識しないと発見は不可能な自然さで結界は張られていた。しかし、弱ったようにリチャードは眉を寄せる。

「困りましたな。私はこの手の魔法には疎く……これを解除しなくては前に進めませんぞ」

「なるほど、そういう感じですか」

まさに試練ということだろう。発見だけでも難しい結界の、更にその破壊。専門の魔法使いがいないと難しいとリチャードは言う。

「かなり難解な結界ですな。これは並の上級魔導師では太刀打ちできぬかもしれませぬ」

「最初の関門ってわけですね」

術式を探っていたリチャードがこくりと頷く。魔王城には何人も上級の魔法使いは存在するが、生半可な者では目の前の結界の突破は困難らしい。

「ふぅむ。元四天王の問題児に魔女がいるのですが、彼女ならば。ただ……どこにおるかも分からぬような奴でして」

旧知の戦友を思い出し、リチャードが腕を組む。一度ここは撤退して態勢を立て直すべきか。

「なに悩んでんのよ？　この結界ぶっ壊せばいいんでしょ」

俺たちが悩んでいると、不思議そうな顔でリリィが一歩前に進んだ。手をかざし、境界に触れた感覚を愉快そうに楽しむ。

「あ、ほんとだ。ここになんかあるわね」

結界の存在を確認すると、リリィは大きく右拳を振りかぶる。

あまりにも愚直な行動に、俺どころか隣のリチャードも目を見開いた。

そして――

「邪魔よッ‼」

リリィの右拳が結界へと突き出され、その瞬間、目の前の空間に亀裂が走った。

まるで光が中から漏れ出たかのように亀裂が光り、幾百にも張り巡らされた障壁が物理的に音を立てる。それでもなお術式は、侵入者の拳を転移の反発によって退けようと輝きを増した。

「しゃらくさいッ‼」

リリィの拳が、魔王の試練を粉砕する。

森を覆っていた術式が、一切の跡形もなく消失した。

「よーし！」

盛大な轟音と共に砕け散った結界を見やって、リリィは満面の笑みで「どんなもんよ」と俺たちを振り返るのだった。

◆

「おっ、あれじゃないですか？」

結界から五分ほど進むと、森は一気に開けた空間へと変貌した。

森を抜けた先に、土と石で出来た巨大な建造物が姿を現す。

「いかにもって感じね。遺跡って言ってんだからあれでしょうよ」

「うむ、間違いなさそうですな」

リリィとリチャードも見えてきた遺跡に目を凝らした。巨大すぎて感覚が麻痺するが、あそこまで行くにもまだ数十分はかかりそうだ。

「まるでイ○ディ・ジョー○ズだな。ちょっとわくわくしてきたぜ」

「なにそれ？」

リリィが呆れたように聞いてくる。説明が難しいので、俺は笑って誤魔化して遺跡を指さした。

ただ、本当にそうならば警戒しなくてはならない。罠がどこに潜んでいるか分かったものではないのだから。

「とりあえず遺跡の入り口まで行かないと」

「さっさと行きましょう。ちんたらやってると日が暮れるわ」

リリィの言葉に、俺はそう言えばと空を見上げる。まだ日は昇りきっていないくらいだが、この先なにがあるか分からない。

進むならば早いほうがいいだろうと、俺はリチャードと顔を見合わせた。

そのときだ。先に進もうとリリィが一歩踏み出した途端、辺りの地面が音を立てて揺れ始める。

「なんだ!?　地震っ!?」

「いえ、これは——!!」

盛り上がる地面。そしてそれは、みるみるうちに巨大な土人形へと姿を変えた。

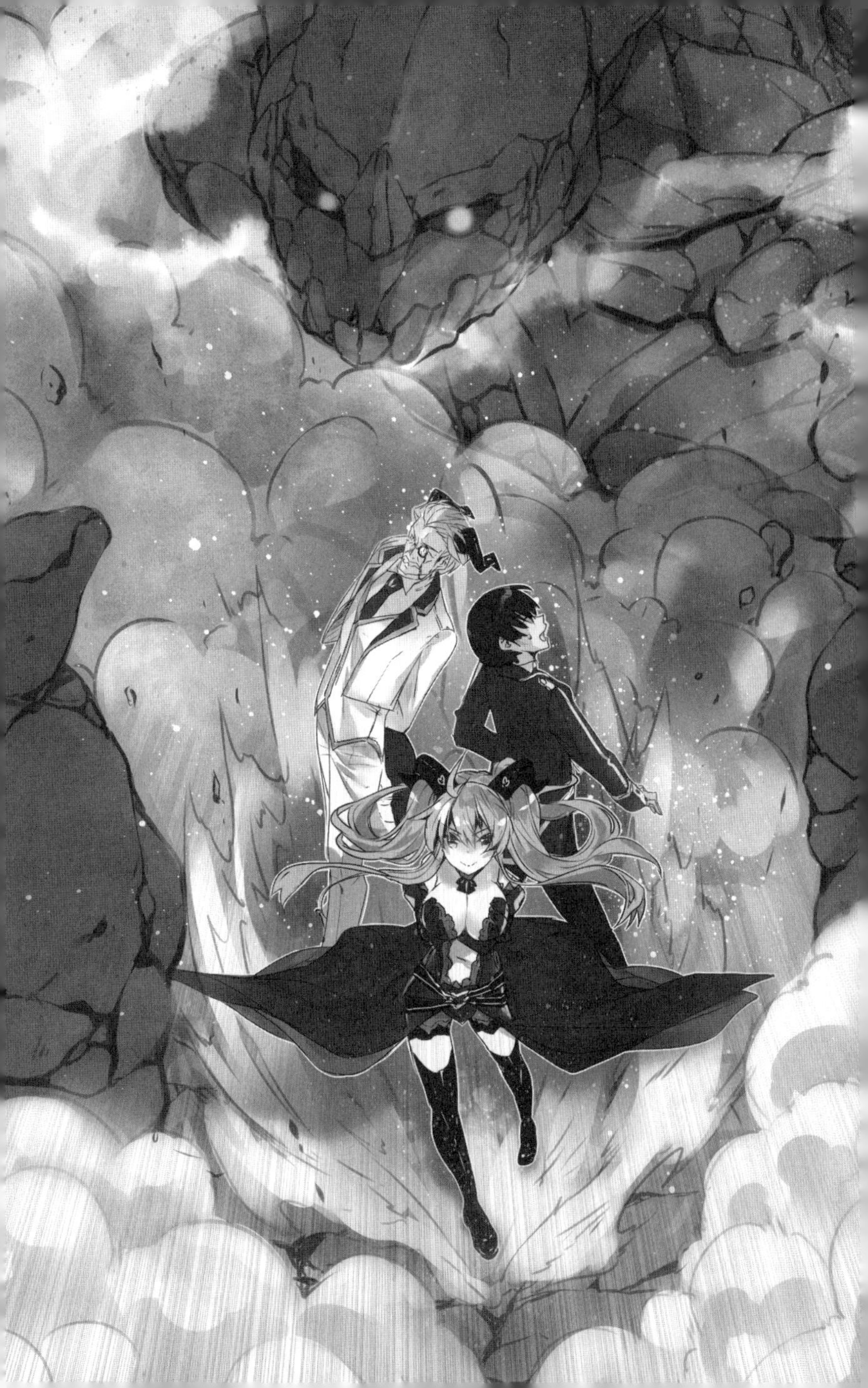

「ゴーレム!? なんと珍しい!!」

それは、古《いにしえ》の時代に潰えた生命を作り上げる禁忌《きんき》の魔法。現存する使い手は、もはや幾人も残っていない。

そして、でかい。ここまで規格外のものは初めて見ると、リチャードは驚愕の表情でゴーレムを見上げた。

「って、また!?」

それだけではない。地面が再び揺れたかと思うと、背後にももう一体。そして、更にもう一体のゴーレムが地面の中から出現した。

「……どうやら、遺跡までにはもうしばらく時間がかかりそうですな」

◆

取り囲む三体のゴーレムを見上げ、リリィがふんと肩を鳴らす。

確かに巨大なゴーレムだが、所詮はただのデカブツだ。敵ではないとリリィはノロマな動きのゴーレムを睨みつける。

「なによこんなもん、またぶっ壊して……ッ!?」

一閃。

拳を握るリリィに、ゴーレムの一体が両手をハンマーのように振り下ろした。

「リリィっ⁉」

あっと声をあげる暇もなかった。

それまでとは打って変わって高速とも言える動きで攻撃を繰り出したゴーレムに、俺はどくんと鼓動を跳ねさせる。

目を見開いて叫ぶ俺の前で、けれど次の瞬間には、ゴーレムの腕が砕け散っていた。

「そんなもんが私に効くわけないでしょ！」

吹き飛ばされた腕の下で、無傷のリリィがゴーレムを睨みあげる。

身体は無事だが、汚れてしまったドレスを見たリリィのこめかみに青筋が立つ。

「だあああああッ‼」

渾身の右ストレート。先ほどの結界と同様に、巨大なゴーレムの半身が吹き飛ばされる。

「す、すげぇ」

まさに無双といって差し支えないリリィの活躍に、俺は素直に手を叩いていた。

「むっ……まだですぞ」

「へ？」

しかし、倒れたゴーレムを見たリチャードが眉を寄せる。

地面が再び揺れ動きだし、あれよあれよという間に吹き飛ばされたはずのゴーレムの半身が再生した。

「な、なによ⁉　こんなのキリないじゃないっ‼」

リリィが破壊したはずのゴーレムが立ち上がる。それどころか、先ほどよりもわずかに大きくなっているような気さえするゴーレムに、俺はあんぐりと口を開けた。

見る限り、粉々にされても再生するようだ。リリィも懸命に拳を振るうが、吹き飛ばした端から修復される。

「このままでは埒《らち》があきませんな……」

リリィとリチャードのおかげでなんとか保ってはいるが、なにせ相手は三体だ。俺を守りながらの攻防は段々と無理が生じてきていて、情けないが俺は必死に二人の背に隠れることしかできない。

「大丈夫リチャード!? もう歳でしょ、あんま無理しちゃダメよ!」

俺を守るようにゴーレムの拳をいなしていたリチャードは、リリィの言葉にくすりと笑った。

「いやはや、お嬢様にそのようなお言葉をかけていただけるとは。……立派になられましたな」

微笑んで、リチャードは上空を見上げた。視界に覆い被さるような巨大なゴーレムが三体。たとえ鳥でも、逃げ出すのは難しいだろう。

「……空に逃げても無理そうですな」

そう呟くと、リチャードは俺をリリィのほうへ突き飛ばした。

「テッペー殿、お嬢様をお願いいたします」

「リチャードさん!?」

なにをしようというのだろう。叫ぶ俺をリチャードは手で制し、にこりと笑った。

リチャードの笑顔を見て、側で拳を振っていたリリィが目を見開く。

「テッペー！　行くわよ！」

「え？　わっ⁉」

その瞬間、なにかを悟ったようにリリィが俺の手を引いて走りだした。

巨人たちの足下を抜けるように、しかしそれはあまりにも無謀というものだ。

俺たちが駆けだしたのを見た巨人の右腕が振り上げられる。それをリリィは撃退する素振りすら見せない。

「リリィ⁉」

「リチャードを信じなさい‼」

リリィが叫び、巨人の右腕が俺たちへ振り下ろされた。

直撃すれば死は免れない一撃。それを――


『グルルルルウウウウウウウウッッ‼』


巨大なドラゴンが防ぎ止めた。

轟音が鳴り響き、ドラゴンの体当たりで巨人の身体が砕け散る。

それでも再生しようとするゴーレムに向かって、ドラゴンは口から炎の息吹を吐き出した。

「うわっ⁉　えっ⁉　り、リチャードさん⁉」

そのドラゴンの眼にモノクルが付けられているのを目撃して、俺は思わず声をあげる。

リチャードが竜の拳を振りかぶり、もう一体のゴーレムの顔を吹き飛ばした。まるで怪獣映画のように、巨大な竜が巨大なゴーレムたちを相手取って戦っている。

「前に言ったでしょ！　リチャード結構強いって！」

「け、結構って」

破壊されたゴーレムの破片が飛んでくる。慌てて身をかわして、俺は戦うリチャードを見やった。

……分が悪い。最初の勢いこそよかったが、数のハンデと相手が再生するのが痛すぎる。巨人の腕がリチャードを捉え、竜の鱗が鮮血と共に宙を舞った。

「リチャードさん！」

しかし、俺は叫びながら踏みしめる足に力を込めた。

リチャードを思えば、ここで引き返すわけにはいかない。

「走るわよテッペー！」

「お、おう！」

無駄にはしない。そう心の中で呟いて、俺は遺跡の入り口へと全力で駆けていった。

◆

「ここまで来れば大丈夫ね」

息を整えながら、リリィが後ろを振り返る。

どれだけ走っただろう。気がつけば、俺たちは遺跡の正面までたどり着いていた。

「だ、大丈夫かなリチャードさん？」

「そんなやわじゃないわよ。あれでも、現役時代は『軍神』とか言われてたのよ？」

リリィの声に、俺はこくりと頷く。俺たちを守りながらならともかく、離脱するくらいは大丈夫だろう。幸い、ここまではゴーレムも追ってこないようだ。

「そうだな。……リチャードさんのためにも、先に進もう」

優先すべきは試練のクリア。魔王の証を手みやげに、リチャードとは再会を喜べばいい。

「それにしても、近くで見るとやっぱでかいな」

目の前の遺跡を見上げた。遠目でも大きいのは分かっていたが、こうして間近で見るととんでもない巨大さだ。

まるでオフィス街のビル群のような大きさを、俺は唖然として見つめる。

日本で巨大な建築物は見慣れているが、こんな石造りの建造物でこの大きさは他に類を見ない。

エジプトのピラミッドより大きいんじゃないかと、俺は遺跡の入り口に目をやった。

「よし、行こう」

俺の声にリリィも頷き、俺たちは薄暗い遺跡の中へと歩みを進めるのだった。

◆
◆
◆

足を踏み入れた瞬間、辺りが明かりに包まれた。

遺跡の壁、そこに連なって並べられた松明《たいまつ》に次々と灯りが点っていく。

ぼんやりとオレンジ色に浮かび上がった遺跡内部に、俺は辺りを見回した。

「すごいな。勝手に灯りが」

「いいじゃない、歓迎してくれてるってことよ」

男前な発言をしながら、リリィは前に進んでいく。臆せず歩き出したリリィに、俺は慌てて声をかけた。

「り、リリィ！　罠があるかもしれないし、もっと慎重に！」

「罠ぁ？　そんなもん、避けれるもんでもないでしょうよ」

リリィの返事に俺は言葉を詰まらせた。リリィの言うことももっともで、仲間にトレジャーハンターでもいれば話は別だが、今は俺とリリィの二人しかいない。

と、そのときだ。リリィの足元で、カチャリと小さな音がした。

「リリィっ!?」

途端、壁から斧のような刃が降ってくる。

振り子の要領でリリィに襲いかかった刃は、けれど突き出された拳に砕け散った。

無傷の拳を見つめて、リリィはなにごともなかったかのように振り返る。

「ね？　大丈夫でしょ」

「そ、そのようですね」

頼もしすぎる。なんて頼りになるんだと自分の婚約者に感謝しながら、俺はそそくさとリリィの後ろを付いていくのだった。

◆

罠に遭遇すること百三十七回。

せり出す壁、迫る大岩、飛んでくる槍、なにかよく分からない猛獣……それら全てをリリィの拳ひとつで粉砕しながら、俺たちは遺跡の奥までたどり着いていた。

もう大分進んだはずだ。そろそろなにかが見えてきてもいいと、俺は慎重に辺りを見回す。

「あっ」

そして、ついに俺たちは遺跡の最深部までたどり着いた。

目の前が急に開け、大きな空間が出現する。その先には、仰々しい大きさの巨大な扉が俺たちを出迎えていた。

「いかにもって感じね。ここが最後の関門ってやつみたい」

リリィの声に、俺もこくりと頷く。

あの本には、試練は全部で三つだと書かれていた。

先ほどの猛獣を思い出す。確かに見た目は恐ろしかったが、言ってしまえばただのデカい犬だった。勿論、俺にとっては脅威だが、再生機能付きのゴーレムとは比較にならない。

要はこの遺跡のトラップは小手調べで、試練の内には入ってもいないということだ。

「この扉の先に、最後の試練があるってわけか」

ひとつ目の試練が最初の結界だとすれば、ふたつ目の試練があの巨大なゴーレム三体だろう。

高度な魔法に、物理的な戦闘能力……魔王の力を測る試練としては、これ以上のものはない。

だとすれば、最後の試練はいったいなんなのか。

「考えてても仕方ないわ。行くわよテッペー」

俺の心を読んだかのように、リリィは一歩前に進んだ。

確かに考えていても仕方がない。後はなにが来ても頑張るだけだと、俺は目の前の扉を見上げる。

「あっ……でもリリィ、扉になんか……」

なにやら石盤で出来た扉には緑色に光る場所が存在していた。いかにもな窪みは、なにかをハメなければならないようだ。

形と大きさからして、宝石のようなものか。そういえば、リリィが以前見せてくれたネックレスの石が緑色だったと思い出す。

「……リリィ、この穴って」

王家伝来の緑の宝石。それが鍵に違いないと、俺はリリィを振り返る。

その瞬間、俺は拳を振りかぶっている婚約者を目撃した。

「だあああああっ!!」

石の扉が無惨にも破壊され、遺跡の内部にけたたましい轟音が鳴り響く。拳が当たった瞬間、なにやら緑色の波動が抵抗していた気もするが、それもリリィの右ストレートの前にかき消えた。

そうして、なにか大事な役割を持っていたはずの扉は、ただの瓦礫《がれき》と化して俺たちへと道を譲った。

「なんだ、楽勝ね！　行くわよテッペー！」

満足そうにリリィが笑い、部屋の中へと歩を進める。

「……ま、いっか」

なんかもう慣れてきた。こういう解き方もありだろうと、俺はリリィと二人、最後の試練へと臨むのだった。

◆

「すげぇ」

扉を抜けた先には巨大な空間が広がっていた。

天井を見上げようとしても、天辺が見えてこない。どうやらここが遺跡の中心で、あの高層の中はこの巨大空間に繋がっていたようだ。

「なんもないじゃない。魔王の証ってのはどこよ」

リリィが眉を寄せる。確かに、軽く見回した限りでは特になにもない空間が広がっているだけだった。

しかし、なんの魔力も持たない俺でさえ、この空間がなにか特別なものであることを肌で感じ取れる。

「リリィ、あれ！」

ふと、部屋の中央にぼんやりと光るものを見つけた。先ほどまではなかったはずだ。

罠かもしれない。ただ、ここまで来れば行くしかないと俺とリリィは光に向かって歩き出した。

「なにこれ？　なんかぼんやりしてるわね」

近づくとその光は意外に大きく、人型くらいの大きさだ。

まるでぼんやりと光る霧のようで、俺とリリィは二人してその霧をのぞき込む。


『よく来ました。次代の魔王よ』


そして、突如として聞こえてきた声に俺はびくりと身体を竦ませた。

「しゃ、しゃべった？」

聞き間違いではない。確かに、目の前の霧が俺たちに話しかけてきた。

『怖がることはありません。わたしは王家の守護神ララパルード。……あなたたちに、最後の試練を与えます』

その声に、俺とリリィは顔を見合わせた。どうやら、今まで進んできた道は間違ってはいなかったようだ。

はっきりと最後の試練と伝えられ、俺は守護神の声に耳を澄ませた。

『魔王候補は……「ニンゲン」ですか。いいでしょう、最後の試練を授けます』

ララパルードがそう呟いた瞬間、辺りを目映《まばゆ》いまでの閃光が覆い尽くす。

「──ッ!?」

なにも見えなかった。思わず腕で光を遮るが、そんなものでは止められない。

何秒だっただろう。身体が光に溶けていきそうな錯覚の中で、俺はリリィを探していた。

そして、ついに視界が開ける。

「……え？」

光が掻き消え、ようやく目を開けたその先には、信じられない光景が広がっていた。

「な、なによこれ？」

「どうなってんのよ!?」

お互いに顔を見合わせる二人のリリィを前にして、俺はあんぐりと口を開ける。

こうして、俺の最後の試練が始まった。

第9話 魔王の証（後編）

俺はリリィたちと顔を見合わせて固まっていた。

そう、リリィたちだ。

「ちょ、ちょっと⁉　なんで私が二人いんのよ⁉」

「私の台詞よそれ！　どうなってんの⁉」

ぎゃあぎゃあと騒ぐ二人を唖然と見つめながら、俺は試練の内容を理解した。


『本物はどっち？』


案の定ララパルードが最後の試練を言い渡してくる。

どちらのリリィが本物か。それを当てるのが最後の試練というわけだ。

（ど、どっちが本物って言われても……）

二人を見比べる。見た目は本当にそっくりで、たとえばここまでの道中に付いたドレスの汚れなんかも瓜二つだ。

違いなんかは見あたらず、俺は冷や汗を流してしまう。

「ちょっとテッペー！　さっさと当てなさいよ！」

「私が本物に決まってるでしょ！」

怒ったように二人のリリィが詰め寄ってくる。

こういうとき「自分が本物」と言ってくるのは怪しいが、相手がリリィだけにそれもあり得そうだ。

「ふざけないで！　あんたが偽物なんでしょ！　正体現しなさいよぉ！」

「いたたっ！　な、なにすんのよぉおお!!」

そうこうしていると、二人のリリィが喧嘩を始めてしまった。片方のリリィが髪を摑んで、もう片方のリリィがほっぺたをぎゅうとつねる。

「ちょっと!?　二人とも喧嘩はダメだよ!!」

勃発したリリィ同士の争いに、俺は慌てて割って入った。

リリィ同士の喧嘩なんて、この遺跡が崩れ去ってもおかしくはない。

「だったらあんたがなんとかしなさいよ！」

「そうよ！　てか、どっちが本物か分からないなんてあり得なくない!?」

「うっ……」

矛先がこちらに向いてきた。これは早めになんとかしないとと、俺は状況を整理する。

(どっちが偽物か)

こういう場合、見抜き方は大きく二つ。本物を見つけるか、偽物を見つけるか。

理屈的には偽物を見つけるほうが簡単だ。ひとつでも本物ではあり得ない部分を見つければ、それがそのまま証拠になる。

（とはいえ、違いなんてどこにもないな）

先ほども思ったが、本当にそっくりだ。左右逆というわけでもなく、見たところ利き腕も一緒。黒子《ほくろ》の位置も、二人とも寸分違わず同じ位置についている。

「そっくりだなぁ」

「なわけないでしょ！」

「私のほうが可愛いわよ！」

よく見なさいよとリリィたちに凄まれた。そう言われても、本当に見た目の違いはないように思える。

それに、これは魔王の試練だ。見た目の間違い探しで決めるのは、いささか安直すぎるだろう。

「リリィ、質問してもいいかな？」

ここはオーソドックスにいこう。俺の問いかけに、リリィたちはこくりと頷いた。

◆

「なんであんたがそんなこと知ってるのよ!?　おかしいでしょ!?」

「そっちこそなんでテッペーのそんなこと知ってるのよ!?」

リリィ二人の喧嘩を横目に、俺は考え込んでしまった。

何十にも及ぶ質問。俺とリリィしか知らないはずの出来事を質問してみたが、見事に二人とも全て言い当てた。

(記憶まで瓜二つなのか……)

これでは正直見分けることは不可能だ。肉体がそっくりで記憶まで一緒となれば、それは二人ともリリィである。

「うーん、見た目がだめなら……触り心地とか?」

「なにそれ。馬鹿なの?」

「サイテー」

二人ともに言われてしまう。そりゃあそうだよなと思いつつ、俺はそそくさと目を逸らす。

そもそも、リリィの身体の触り心地なんて分からない。なにせ初めては散々な結果で、緊張でテンパってあんまり覚えてないからだ。

(だから確かめようも……)

そのとき、ふとした違和感を覚えた。

そっくりなリリィ。俺との秘密。二人だけが知っていること。

「あっ」

ぞくりと背中になにかが走る。

もしかしたら俺は、なにか勘違いをしていたのかもしれない。

「……あのさ、リリィ。その……怒らないで聞いて欲しいんだけど」

「なによ」

一人に応えられ、もう一人に睨まれた。

後が怖いぞと思いつつ、けれど俺は確信めいたものを持ってリリィたちに頼む。

「やっぱり、おっぱい触らせてくれない？」

リリィ二人が「はぁ？」と眉をつり上げて、俺は涙目で頭を必死に下げるのだった。

◆

「もうほんと、これで分かんなかったら張っ倒すわよ！」

リリィのそんな声を聞きながら、俺はリリィの背中を見つめていた。

上半身裸になった二人のリリィは、怒りながらも恥ずかしそうに腕を上に避けてくれる。

「そもそもあんた、揉み比べられるほど私の胸揉んだことないでしょうが！」

「ごもっともです」

それでも肌を晒してくれるリリィに感謝しつつ、俺は背中側からリリィの胸へと手を伸ばした。

隣で、もう一人のリリィがこちらをちらちらと振り返ってきていた。

思い出してみる。以前リリィの胸を揉んだときの記憶。全然覚えてなんていないが、海馬の奥底には刻まれているはずだ。

「ごめんリリィ!!」

「あっ、ちょ……ッ」

謝りながら、俺はえーいとリリィの胸を両手で掴んだ。

その瞬間、柔らかな記憶が呼び起こされる。

もみもみと数度揉んで、俺は感動して声を上げた。

「……リリィのおっぱいだ」

「当たり前でしょ！　ていうか、なんなのよこれ！」

リリィが「揉みたいだけじゃないでしょうね！」と叫び、しかし俺は確信した。

これはあの日の、リリィの胸だ。

「もう一人も」

「って、あっ……」

念のためにもう一人も確かめる。そしてその瓜二つな感触に、俺はなるほどと頷いた。何度揉んでも、全く同じ気持ちよさが幾度も続く。

もっと詳しく調べる方法もあるが、それは少しリリィたちが可哀想だ。

「ありがとうリリィ」

記憶の中の彼女たちにお礼を言って、俺はすくりと立ち上がった。

さぁ、本物に会いに行こう。

◆　◆　◆

光る霧の前に、俺は再び立っていた。

『さて、本物はどっち？』


神秘的な声に、後ろのリリィたちが不安そうな表情になる。

少しだけ残念だなと微笑んで、俺は二人のリリィに心の中で別れを告げる。

根拠なんかないけれど、けど確信を持って俺は告げた。

「あっちのほう、かな」

霧の奥を指さした。この辺りは当てずっぽうで、というよりどこを向いていても変わりない。

「偽物は俺。リリィたちは……偽物とは言いたくないな。でも、俺が会うべきリリィはここにはいない」

そりゃあ二人だけの秘密も知っている。見た目だって、穴が開くほど見ていたから。

けれど、俺が知らないものは、それ以上作り出すのは無理だろう。

『正解』

短く声が聞こえ、ここに来たときと同じ閃光が、目の前を白く塗りつぶした。

◆　◆　◆

「テッペー！　気がついた⁉」

ゆっくりと目を開けると、そこには泣きそうな顔のリリィがいた。

「リリィ……？」

呟いたとたん、リリィに思い切り抱きしめられる。軋む身体に笑いながら、俺はよしよしと頭を撫でた。

「急に倒れるからびっくりするじゃない！　それに、なんか知らないけど試練クリアって」

「あっ、やっぱいけてたんだ。よかった」

どうやら無事に正解だったらしい。

「いけてたんだって……あんた、倒れてる間なんかしてたの？」

「うん、リリィのおっぱい揉んでた」

俺の返事にリリィが「はぁ？」と眉を寄せる。

右手を俺の額に触れさせて、熱がないかをチェックされた。

それにくすりと笑いつつ、俺はリリィの胸の膨らみに目を向ける。

これを気が済むまで揉んでいれば、あそこからの脱出は無理だったかもしれない。

「リリィ、おっぱい揉んでいい？」

「は、はぁあ⁉」

リリィが呆れたように声を上げた。冗談だよと言おうとして、けれどぷいとそっぽを向きながら言われてしまう。

「べ、別にいいけど……？　なんか、頑張ったみたいだし？」

真っ赤な顔で突き出されて、俺は少々面食らった。

一瞬、偽物かな？　と思ってしまい、けれどそんな馬鹿な考えは早々に消えてしまう。

ドレスの上から胸を揉んで、その感触に俺は満面の笑みを浮かべた。

「なによ、気持ち悪い顔してんじゃないわよ」

「やっぱり本物は違うなぁ」

そうだ。本物はやはり違う。なにせ、俺の想像なんて軽く超えてくる。


『……そろそろ進めてよろしいでしょうか？』

聞こえてきた声に、俺たちはびくりと身体を跳ねさせた。

そういえば、まだ終わっていなかった。

「いつまで揉んでんのよ馬鹿！」

「痛いっ！」

べしんと頭を叩かれて、俺はしぶしぶリリィの胸から手を離す。

姿は見えないが、なにか呆れられている気配がした後に、王家の守護神は言葉を続けた。

『三つの試練はこなされました。貴方を、魔王として認めましょう』

その瞬間、俺の右腕に強烈な熱が走る。目映《まばゆ》い輝きと共に焼き付けられた刻印に俺は目を見開いた。

右手の甲に光る奇妙な紋様。どこか針金人間を思わせる記号に、思わず首をひねる。

『ニンゲンの魔王は初めてです。貴方に、魔界の加護があらんことを』

最後にそう告げて、声が静かに消えていく。淡く光っていた霧も晴れていき、どうやらこれが試練の終わりらしい。

（ニンゲン……ね）

丸に、手足を思わせる丸まった線。シンプルなデザインの紋様に苦笑してしまう。

ただ、認められたのは事実で、その証を俺はリリィのほうへと向けた。

「なんとか、これで大丈夫かな？」

リリィの目が泣きだしそうに見開かれ、しかしそのままそっぽを向いた。

腕を組んで、厳しい顔を作って声を出す。

「と、当然よ！　あんた調子に乗りやすいんだから、気をつけなさいよね！」

仁王立ちで腕を組む逞しいリリィを眺めながら、俺は「気をつけます」と笑うのだった。

◆

その後、リチャードと再会した俺たちは無事に試練の森を抜け、魔王城へと帰還した。

「……なんというか、実感わかないな」

部屋の窓から夜風に当たりながら、右手の甲を見つめる。

あれだけ目映く輝いていた紋様の光は消えていて、今はじっくり目を凝らすと見えるくらいだ。

「おっ、光った」

試しに念じてみると、右手が煌々《こうこう》と輝き出す。どうやら俺の意思で光らせることができるみたいだ。

「……夜は便利だな」

日本と違い、電灯がない魔界では光は貴重だ。懐中電灯代わりには十分だなと思い、そこまで考えてくすりと笑った。

せっかくの証をそんなことに使ったら罰が当たりそうだ。なんだかんだで嬉しいその光を見つめながら、俺は窓の外の景色を眺める。

「魔王かぁ」

まだ正式になったわけではないが、リチャードによればこれで一安心といったところらしい。

それはつまり俺が魔王になるということが、いよいよ現実になるということで……。

「なぁに難しい顔してんのよ」

物思いに耽《ふけ》っていると、リリィに声をかけられた。振り返れば呆れた顔のリリィが立っていて、俺は恥ずかしくて笑ってしまう。

「いやぁ、本当に魔王になるのかぁって思ってさ」

「なによ。今更すぎるでしょ、なんのために頑張ってきたのよ」

リリィのもっともな言葉に俺も頷く。心構えも覚悟も決めたつもりだったが、こうして目の前に転がってくると慌ててしまう。

自分なんかでいいのかなと今でも思うが、それも今となってはリリィの言うとおり今更すぎる話だ。

「あんたはもう少し自信持ちなさいよ。自分でいいのかとか考えてる暇あったら、魔王になったらなにするか考えときなさい」

「うっ……ごもっともです」

当然だ。魔王になるということは、俺だけの話ではない。

リリィやリチャードだけでなく、カジノのみんなや街の人、本当にたくさんの人が応援してくれている。

自分なんてと考えている時間があるなら、少しでも期待に応えられるように努力すべきだ。

「うん、ありがとうリリィ。頑張るよ」

「と、当然よ！　魔王ってことは、私の……お、おっ……おっと、に！」

なにやら口ごもりだしたリリィを見つめつつ、俺は首を傾げた。

「おっ、おっ？」

「うるさいッ!!」

殴られた。結構痛いが、リリィが本気で殴れば俺の顔面なんて肉片となって弾け飛ぶので、これでも手加減してくれているのだろう。

ひりひりする鼻先をさすりながら、俺は顔を真っ赤にしているリリィを見つめた。

チラチラとこちらをうかがう顔は相変わらず可愛くて、こんな子がお嫁さんというだけでも魔王になる価値があるってものだ。

「……なによ、人の顔じっと見て」

「いや、可愛いなぁって」

なんど言ったか分からない言葉に、リリィはぷいと顔を背ける。

「まぁでも、これでテッペーも魔王になるわけだし。その……が、頑張ったんじゃない？」

腕を組むリリィはしきりにこちらをうかがっている。どちらかというと試練なんかはリリィのほうが大活躍だった気がしないでもないので、褒められるとくすぐったくなってしまう。

「みんなのおかげだよ。リリィもありがとうね、頼もしかった」

本当に頼もしいお姫様だ。リリィがいなければ、試練をクリアすることはできなかっただろう。

けれど褒められて、リリィはむすっとこちらを見てきた。

「そういうことじゃないわよ。分かってないわね」

「え？」

俺が聞き返すと、リリィはもごもごと口を動かす。

「……ご、ご褒美あげるって言ってんのよ」

その声に、俺はぴくりと固まった。

「なんでも好きなこと……やってあげる」

第10話 なんでも

静寂が寝室を支配した。

ぽかんとリリィを見つめる。恥ずかしそうに頬を赤らめるリリィは、けれど視線を逸らすことなく俺の返事を待っているようだった。

「な、なんでもって……なんでも？」

「当たり前でしょ」

俺の間抜けな返事にも嫌な顔ひとつせず、リリィはこちらを見つめてきた。

これはなんというか、たぶんそういうことなのだろう。流石の俺でもリリィがなにを言いたいかは理解できる。

この間の続きを、させてくれるということだ。

でも、順序は色々と大事だと思って。

「じゃ、じゃあ……キス」

言い終わらなかった。キスをして欲しいと俺の口が動く前に、リリィの顔が飛び込んできた。

「んっ」

唇が合わさって、リリィが俺の顔に両手を添える。

何度も何度も、柔らかな唇が重なった。

「好き……んぅ」

熱っぽい眼差しが見える。リリィの視線だ。

されるがままに押し倒されて、俺は必死に唇を重ね続けるリリィの体温を感じていた。

「しよ、テッペー。して」

なにをとは言わない。俺も聞かない。

今度は失敗しないように。右手の証を少しだけ確かめて、俺はリリィを引き寄せた。

◆

「んっ、ふぅ……んんっ」

両手に伝わる感触と目の前の光景を、俺は頭に焼き付けていた。

指に応じて変形するリリィの胸。柔らかすぎてこぼれそうなそれを摑む度に、リリィの口から吐息が漏れる。

「んっ、んぅっ……あっ」

すっかり火照り切った身体で、リリィは揉まれる胸の感覚に悶《もだ》えていた。ビクビクと身体を震わせながら、ピンと胸の先を起立させる。

「リリィ、もしかしておっぱい揉まれるの好き？」

「し、知らないわよ！　んぅ、んっ……」

可愛い俺のお姫様は、どうも嘘が苦手のようだ。これは確かめないといけない。どう見ても感じているように見えるリリィの胸を、今度は絞るように揉みあげる。

「ほんと？　乳首勃ってるように見えるけど？」

「ひんっ！　し、知らない！　そんな簡単に私が感じるわけないでしょ！」

どうやらリリィは主導権を取りたいらしい。「しよ？」とか言ってきたのはリリィなのに、随分とわがままなお姫様だ。

そういえば、初めてのときはやられっぱなしだった。結局情けない結果になってしまった夜だったが、あれを抜きにしても手玉に取られっぱなしだったように思う。

「そっかなぁ？　ほら、おっぱい絞られてピンてなってる」

「ひぅっ！　そ、そんなこと……て、テッペーのくせに、さっきから生意気よ！」

怒られた。でも、今日はもうちょっとだけ頑張ってみる。

俺だって、やられっぱなしは嫌なのだ。

きゅっと、両手の指で胸の先を摘んでやった。

「んうぅっ⁉」

びくりとリリィの身体が跳ねあがる。指に伝わる感触に、俺は感動した。

「うわ、すごい。グミみたい。こんな硬くして、説得力ないよリリィ」

「ちょ、待っ！　ひんっ、んぅっ！　んうぅっ！」

くにくにと乳首をいじってやる。膨らんだ乳輪ごとシゴくように触ると、リリィは簡単に身体を震わした。

「ほら、白状しなよ。ほんとはおっぱい気持ちいいんでしょ？」

「うっ、あっ……だめっ！　絞るのだめぇ」

ぎゅうと胸を絞ってやると、リリィがついに負けを認める。

「き、気持ちいいからっ。おっぱい、もうだめ……んっ、あぅ、あううっ」

けど、止めてとは言われてない。揉めるだけ揉んでやろうと、俺はリリィの身体を抱きしめる。

「うう、テッペー。テッペぇ」

名前を呼んでくれるお姫様に微笑む。今夜は長くなりそうだった。

◆

「んちゅ……テッペー、好き。好きぃ」

私はそんなことを呟きながら、一生懸命テッペーにキスをしていた。

「ほらリリイ、乳首摘んであげる」

「んううっ!?」

覆いかぶさった胸が両方テッペーに引っ張られる。それだけで、私の身体はびくびくとはしたなく痙攣《けいれん》した。

「んちゅ、ちゅ……もっと、もっとしてぇ」

気持ちよかったし、嬉しかった。

なにせあのテッペーである。もう一度言う、あのテッペーがである。

「リリィはおっぱい触られるの好きだなぁ」

と、私の下でしたり顔で見上げてきているのが、あのテッペーである。

(相変わらず調子に乗りまくってるわね)

でも、これでいい。なにせあのテッペーである。これくらい調子に乗っていないと、どうせ緊張でまた失敗するだろう。それを考えれば、私をあのテッペーが攻めているのだ。とんでもない進歩といえる。

(き、気持ちいいのは本当だし)

正直、どうにかなりそうだった。悪魔の血の影響か、私の種族はこういうときも全力だ。全身で快感を貪り尽くそうとしている。身体が、全力でテッペーを求めていた。

「ぬ、脱いでいい?」

そろそろ我慢ができなくなる。その前に、私は下着に指をかけた。返答は待たない。

下着を脱ぎ捨て、私は覚えた異世界の言葉を口にする。

「テッペー、セックスしよ」

今度は、成功するまで許さない。

◆

数分後、俺はあっという間に逆転されていた。

「いっちょ前に硬くしてんじゃない。褒めたげる。ほらほら、大好きなリリィ様よ」

「ちょ、リリィ!?　そ、そんなにされたらまた！」

初めてのときの二の舞だ。ずりずりと擦れる刺激に、俺は待ったをリリィにかける。

けれど、そんな俺にリリィはあっけらかんと言い放った。

「出せばいいじゃない。出したかったら」

「へっ？」

リリィが、俺の上で脚を開く。

「出したらまた、勃つまで私のこと好きにしていいから。成功するまで、なんだってしてあげる」

その言葉に、俺はただただポカンとリリィを見つめた。

「何日かかろうが、何週間かかろうが。ずっと私と交尾するの。成功するまで、お仕事もお休み」

本気だった。リリィの目が、本気だと言っていた。

「ほら、ここも好きにしていいわよ」

そう言って差し出されたのは、いつか触って怒られた黒い尻尾。

「え？　でもここって」

「いいから」

促されるままに、指で摘む。

硬い革のような手触りのそれを、俺は指先で触ってみた。

「んっ、んうぅッ！」

その途端、リリィの身体がびくりと揺れる。見ると、リリィは歯を食いしばって快感に耐えていた。

尻尾の先を、ぴんと指で弾いてみる。

「んぐっ⁉　ふぐぅッ⁉」

リリィの顔は、興奮を隠しきれていなかった。よっぽど弱点のようで、クールなリリィの顔が、瞬く間に火照っていく。

それくらい、大事な場所だということだ。

「擦ったらどうかな？」

「ひっ！　ひぅうっ！　だめ、それだめ！　なんか来る⁉　来ちゃう⁉」

いけばいい。リリィだって、遠慮することはないのだ。

「リリィ、好きだよ」

「んう、あっ！　私もっ！　私も好きぃ！」

そう叫ぶリリィを見上げながら、俺は覚悟を決めた。

◆

「い、いくわよ」

「う、うん」

リリィの手に俺のをあてがい、くちゅりと水音がひとつ響いた。

初めてのときと一緒。リベンジするように、リリィは俺の上で腰を揭げている。

「あ、あのさ。その……リリィは初めてが上でいいの？」

「なによいきなり。そりゃ、交尾っていったらこうでしょうよ」

待ったをかけた形の俺を「なにか問題ある？」とリリィが睨む。

どうやら魔界では騎乗位は一般的な体位のようで。確かに言われてみれば、上で組み敷くというのはリリィに合ってるかもしれない。

「なに？　あんたのとこだと初めては違うの？」

けれどリリィも気になったのか、俺に聞いてくる。どうしたものかと迷ったが、俺は正直に答えることにした。

「えっと、俺のとこだと正常位っていって……」

◆

「ちょ、ちょっと待ちなさい！　お、おかしいでしょこれ！」

目の前に、慌てているリリィがいた。

「いやでも、これが普通っていうか」

「だって、こんな！　脚おっぴろげてって……ひゃっ」

ころんとリリィをベッドに転がす。閉じていてはできないので、リリィの脚を左右に開いた。

言われてみれば確かに、ここまで丸見えの体勢ってそうはない。

「わぁ、リリィ丸見え」

「あ、あんたがやったんでしょ！　この変態！」

そう言われても、俺の世界ではこれが一番ノーマルだとされている。よって俺は変態ではない。

リリィの両手を持ってきて、太ももの辺りを摑ませる。

「ほら、ちゃんと自分で広げて」

「自分でって！　えっ、ええっ⁉」

リリィの両手が自分自身を広げる。よっぽど恥ずかしいのか、リリィの鼓動がこちらまで伝わってくるように感じる。

すべてをさらけ出したリリィのあそこは、準備万端といった様子で滴を垂らしていた。

「ここに俺のが入るんだよ」

先端をあてがうと、リリィの喉がごくりと鳴った。

ずりずりと、お返しとばかりに入り口を擦る。

「ひぅっ！　は、早く入れなさいよ！」

「んー、そうなんだけど。まだ聞いてなかったなって」

リリィが下だと、なぜか余裕がある。可愛いなと思いつつ、俺は初めての日を思い出していた。

「おねだりしてよリリィ」

「はぁ？　なんで私が……ひんっ」

ぐいと広げて、先端を入り口に擦り付ける。ぴんと尖っているリリィの蕾に擦り付けると、リリィは面白いように感じ始めた。

「ちょ、んんっ！　んんっ！　わ、分かったから！　言う！　言うから！」

素直なお姫様に、俺はにっこりと笑みを浮かべる。

それを恨めしそうに睨みつつ、リリィは自分の脚に手を伸ばした。

「ちゃんと言えたらご褒美あげるね」

「わ、分かってるわよ！」

ぱくりと開く。リリィもわかってるのか、見せつけるように指であそこを左右に広げた。

羞恥のせいか、リリィの息が荒くなる。

「お、お願いします。私と……せ、セックスしてください」

恥ずかしそうに、けれど、リリィはもう一度そこを左右に開いた。

「ここに、私のここにテッペーの入れて」

我慢できるはずがない。懇願するリリィの顔を見た瞬間、俺は腰を突き出した。

◆

「あっ、入ってる。テッペーの入ってるっ」

リリィの声を、俺は遠くに聞いていた。

あまりの現実感のなさに、焦りが背中を駆け巡る。リリィの中は気持ちよさの固まりで、我慢するだけでも一苦労だった。

「焦らなくていいから。ゆっくり、ゆっくり入れて」

「う、うん」

まだ半分も入っていないが、あまり急いでも痛いかもしれない。リリィに言われる通りに、俺はゆっくりと前に進んだ。

「ご、ごめんねリリィ。慣れてなくて」

「いいの。気持ちいいから、そのまま来て」

慣れてないどころか初めてである。リリィに感謝しつつ、俺は慎重に腰を動かす。

その瞬間、ずるりと奥まで前に進んだ。

「んううっ⁉」

リリィの身体が跳ね、慌てて俺は抜こうとする。

「うわ、ご、ごめんリリィ！」

「だ、大丈夫……んぐううっ！」

今度は、引き抜いた刺激でリリィの顎が跳ねあがった。完全に抜く寸前で、俺は目の前のリリィをぽかんと見つめる。

「り、リリィ?」

「んっ! ま、待って! あっ、あうっ!」

どうしたものか。予想以上のリリィの反応に、俺は恐る恐る腰を動かした。

ごぷごぷと、すさまじい量の滴がこぼれる。

「うわ、気持ちいい」

「んうっ、んっ! ふぐううっ!」

リリィの中は、気持ちよさを形にしたのかと思うほどに気持ち良かった。

しかしそれ以上にびっくりしたのは、リリィの感じようだ。初めてとはとても思えないくらい嬌声を漏らすリリィへ、俺は心配そうに声をかける。

「だ、大丈夫リリィ? 痛くない?」

「はぁ? い、痛いわけないでしょ。んんっ!」

どうやら、悪魔の女の子は初めてだと痛いとか、そういうことがないらしい。俺の心配に「?」を浮かべながら、リリィは俺を受け入れていた。

「妙な心配してる暇があったらカラダ動かしなさいよ。ちゃ、ちゃんと気持ちいいから」

「う、うん。分かった」

リリィの言う通りだ。ここまで来たら最後までちゃんとやりたい。リリィの脚を持ち上げて、俺は奥に向かって腰を突き出した。

今までとは比べ物にならないくらいに深く侵入してきた俺に、リリィの肢体がガクガクと震える。

「お、奥っ！　テッペー、当たって……ひぅっ⁉」

なんかもう、リリィの中は凄いことになっていた。ぐちゃぐちゃというか、ぬちゃぬちゃというか。触れるとこみな気持ちよくて、俺は必死に猛りを我慢する。

「すごっ、んっ！　あっ、あっ……テッペ、気持ちいっ」

「お、俺もっ。気持ちいいよリリィ！」

もう限界だった。いや、初めてにしてはもったほうだと自分を褒めたい。

びくんと脈打つ。それをリリィも感じたのか、俺を両腕で抱き寄せた。柔らかな肌がぎゅっと重なり合う。

「リリィ！　俺もう！」

「大丈夫。来て、来てテッペー！」

俺もリリィを抱きしめる。

「リリィ！」

「んっ！　あっ、テッペー！」

そうして、俺はリリィの中に猛りの限りを放出した。

◆

「あの……リリィさん？」

初めての成功から数分後、俺は自分の上で腰を浮かすリリィを見つめていた。

余韻に浸っていたのもつかの間、リリィが急に俺を押し倒すや、上で脚を広げたのだ。

「ふー、ふーッ！　テッペー、好きよ」

「う、うん。俺も大好きだよ」

息を荒くしたリリィに求愛される。もちろん嬉しいが、俺はどこか身の危険を感じて汗を流した。

リリィが覆いかぶさってくる。そのまま口を塞がれて、何回目かわからないキスをされた。

「んちゅ、んあっ……テッペー、しよ」

「え？　な、なにを？」

なんとなく予想はできるが、聞いてみる。ちなみに俺の下半身は、一回戦を終えて休憩中だ。俺の質問に、それはもう楽しそうにリリィが笑った。ニヤリと、悪魔の笑顔で俺を見つめる。

「あんた、まさかあれで終わりだと思ってるの？　言ったでしょ？　私が満足するまでやるって」

いや、聞いていない。そんなことは聞いていないが、やらないとも言っていない。

くちゅりと、リリィの腰が落ちてくる。

「な、なにするの？」

「ふふ、そうねぇ」

リリィの顔が近づいてくる。耳元に唇が近づいて、熱い吐息が聞こえてきた。

自分に跨《またが》る、魔界の姫君。それは、どうにかなりそうなくらいの絶世の美少女で――

「交尾、しよっか？」

今度は、彼女の世界のやりかたで。

◆

朝の日差しが窓から差し込み、俺は眩しさで目を覚ました。

のそりと起き上がり、ふかふかのベッドを触る。

「そっか、俺ようやく」

傍らで眠る世界一の少女を見て、俺は思わず笑みを浮かべた。

気持ちよさそうに、嬉しそうに眠っている。

思えば、初めは部屋の隅の床石からスタートしたのだ。そして仮面を被った夫婦であった。

「リリィ……大好きだよ」

そっと髪を撫でる。その瞬間、びくんとリリィの身体が跳ねた。

「し、知ってるわよ」

驚いたのは俺だ。見る見る顔が赤くなっていくリリィを見ながら、もう一度そっと頭を触った。

リリィの顔がくすぐったそうに震え、観念したようにリリィは目を開いた。

「起きてたの？」

「さっきね。……あ、朝っぱらから人の髪触ってなに言っててんのよ」

恥ずかしさを誤魔化すためにか、睨むように俺を見てくる。

リリィが身体を横に向け、そのせいでシーツがめくれた。

露わになったリリィの身体に、俺は慌てて目を逸らす。

「……なによ。昨日さんざん見ておいて」

「で、でも夜だったし。薄暗かったからっ」

当然、リリィの裸を見るのは初めてではない。けれど、慣れるわけがないと俺は首を振った。

それを見たリリィが「ふーん」と目を細める。

「夜で暗かったからよく見えなかったってわけね」

「そうそう！　だから……！」

その瞬間、リリィはシーツをばさりとめくった。

今度こそ本当に、上から下までリリィの裸が白日の下に晒される。

「だ、だったらよく見なさいよ……今なら明るいでしょ」

羞恥でリリィの頬が染まる。泳ぐ視線は恥ずかしさを表しているが、それでもぐっと身体を張っていた。

「リリィ!!」

「って、ちょっと!?」

理性の限界だった。思わず飛びついた俺を、リリィがぎょっとしながらも受け止める。

だんだん思い出してきた。完璧とは言えないまでも、俺にしては上出来の初めてだった。

というか、気持ちよかった。すごくすごく気持ちよかった。

これはあれだ。リリィがすごいんだ。

「リリィ！　リリィ！」

「ちょ、待っ……あっ」

リリィはすごい。最強だ。

俺のリリィが最高だ。

「リリィー!!」

「あっ、ちょ……あふっ」

リリィ！　リリィ！　リリィー!!

「って、ちょっと待てって言ってるでしょうがあああっ!!」

「ぐふぅッ！」

リリィの右拳が唸りを上げ、俺は全裸のままベッドから床石へと飛んでいく。

以前の定位置へと墜落していく途中で、やはり調子に乗るのはダメだなと俺は肝に銘じるのだった。

◆

呆れ顔のリリィの膝の上で、俺は耳を澄ませていた。

「まったく、あんたはすぐ調子に乗るから……」

「面目ないです」

さらさらと頭を撫でられて、気持ちよさに目を細める。

なにも身につけていないリリィの膝枕は、柔らかさと温かさでどうにかなりそうだった。それにいい匂いがする。

「あっ、ちょっと動かないでよ。くすぐったいじゃない」

「ご、ごめん！」

リリィの顔を見上げようとして、慌てて頭の位置を固定した。

ゆっくりとした時間が流れ、なにか言おうと口を開く。

「えっとその……気持ちよかった。すごく」

「ッ！　あ、当たり前でしょ？　私なんだから」

リリィの言葉にくすりと笑う。確かに、とんでもない説得力だ。

最高の女の子と、俺は最高の時間を過ごしている。

「あのさ……リリィはどうだった？」

勇気を出して聞いてみた。以前の俺なら考えられない。

少しだけリリィは考えて、優しく髪を撫でてくれた。

「ぶっちゃけ言っていい？　早すぎない？」

俺は死んだ。

どうやら勇気を出したのは失敗だったようだ。落ち込む俺に、慌ててリリィがフォローを入れる。

「いやほら、前に比べたら格段な進化よ！　慣れてきたらあんただって！」

「うう、ごめんよリリィ」

結構上手にできたと思っていたのに。現実は非情である。なにせあの後三回ほどやって、リリィに為す術もなく搾り取られた。どうも悪魔なリリィを満足させるには、相当に頑張らないといけないらしい。

慣れろって。あんな凶悪な代物に慣れる日など来るのだろうか。

「あーもう！　魔王がめそめそしない！　あんたほんとこういうのはダメね！」

べしべしとリリィに叩かれる。

困ったようにリリィは眉を下げて、そして俺の耳元へと口を寄せた。

「な、何回だってさせたげるから。……てか、私がしたいし」

俺は死んだ。

こんなの反則だと思いながら、俺はリリィの顔を見上げる。

くすぐったいとは、怒られなかった。

「これから、ずっと一緒なんだから。……す、好きなだけすればいいじゃない」

俺は、この女の子のことを一生忘れないだろう。

魔界で出会った、異世界のプリンセス。

「愛してる」

どちらが先かは、いい勝負だった。

最終話　君と一緒に

「うっひゃー、めっちゃ集まってる」

そっと覗いた先の光景に俺は思わず息を呑んだ。

魔王城のバルコニーから見える庭園。そこには新たな魔王……つまりは俺を一目見ようとたくさんの人々が集まっていて、その人だかりは城の敷地を越えて遥か向こうまで続いている。

「やべー、緊張してきた」

いやな汗が流れ、俺はその場に屈《かが》み込む。いちど深呼吸をしてから、右手の紋様をじっと見つめた。俺の意思と呼応するように、紋様が青く光り輝く。

「……本番でもちゃんと光るよな？　頼むぜ」

輝きにホッとしつつも、俺は右手に念を押す。

部屋に備え付けられた柱時計は、出番の時間がそろそろだと伝えてきていた。

「なぁに情けない顔してんのよ。しゃんとしなさいって言ったでしょー」

そんな俺に、凛とした声がかけられる。

振り向けば、そこには煌めくドレスに身を包んだリリィが呆れた顔をしてこちらを見ていた。

「うわぁ……可愛い。似合ってるよリリィ」

「ば、バカっ！　もっと他に言うことあるでしょ！　ほんと、今日がなんの日か分かってんでしょーね？」

赤面しつつ怒るリリィに、俺はしゅんと肩を落とす。分かっているから緊張しているのだ。

「分かってるよ。戴冠式《たいかんしき》だろ？　どんな顔したらいいか分かんないよ」

数えられるわけもないが、あれは千人や二千人ではきかない数だった。下手をしたら一万人以上いるかもしれない。そんな人たちに向かってどんな表情で相対すればいいのか、ついこの間まで平々凡々な人生を歩んできた自分には難しすぎる質問だ。

「た、戴冠式もだけど……ほ、他にも大事なことがあるでしょーが」

「えっ？」

ぼそりと呟かれた声に、俺は首を傾げた。

今日という日に、戴冠式以上に大事なことなどあるのだろうか。はてと首を傾ける俺に向かって、リリィがもじもじと指を合わせる。

「戴冠式ってことは、あんたが魔王になるわけじゃない？　……って、ってことはよ。それはつまり……どういうことよ？」

恥ずかしそうなリリィの声。俺は考え込んだ。

「……え？」

「成敗ッ!!」

わけが分からないと眉を寄せた俺の顔に、リリィの右ストレートが飛んでくる。「ごめんなさい！」と受け入れる俺に、リリィはいっそう顔を赤くした。

「つ、つまりよ……わ、私と」

「あっ」

そこまで言われ、ようやく俺も合点がいく。

俺が魔王になるということは、リリィと結婚するということだ。

最初の最初の大前提。当たり前すぎて忘れていた。

だって、これまでだってリリィは……。

「み、みんなに言ってもよくなるのか」

いや違う。これまでとはなにもかもが変わってくる。

俺の呟きに、リリィは耳まで染めた顔をぷいと逸らした。

その顔は、どこまでも可愛くて。

けれど俺は、この子がどんなに頼もしいかを知っている。

「あっ、そういえばリリィ。言いたいことがあるんだ」

「な、なによ」

ふと、始まりの会話を思い出す。

最初は、偽りの関係だった。お互いの利害だけの、歪《いびつ》な関係。

そんな始まりだったものだから、色々と順序を飛ばしてしまっている。

俺は立ち上がると、リリィの前へ歩み寄った。

リリィを見つめる。訝《いぶか》しげに見てくる彼女は、なにを言われるか分かってはいないだろう。そういえば、以前はうやむやにされてしまったなと思い出す。

俺は、心の底からの笑顔と共に、リリィの前へとひざまずいた。

「リリィ、好きだ。結婚しよう」

「――ッッ！ ⁉」

ぎょっとリリィの背が飛び跳ねる。

ここまで準備をしておいて、今更すぎる。けれど、これは偽りでも打算でも仮面でもない。

「ほら行こう。俺のお嫁さんをみんなに紹介しないと」

リリィの手を取る。柔らかくて温かくて、この右手に感動した。

今度は俺が引っ張る番だ。

引き寄せる寸前で、リリィが焦ったように口を開く。

「わ、私も！ そ、その……て、テッペーのお嫁さんに……なる」

くしゃりと、リリィの顔が恥ずかしさで下を向いた。それにくすりと微笑んで、俺は俺の花嫁を引き寄せる。

自分でもびっくりだ。きっと、一人ではこんなに格好いいことは言えなかった。

彼女がいたから。リリィがいるから、俺はこの先も前に進める。

やっぱり自信なんてないけれど、それでも大丈夫だ。

なにせ俺の横には世界最強の妻がいる。

キャラクターデザイン
CHARACTER DESIGN

SAIJAKU-SHUZOKU NO ORE GA
MAOU GACHA DE
HIKARERU KAKURITSU

発想の数だけ伝説が生まれ、見習い剣士も一気にエリート勇者！　万能クラフターと女勇者によるラブコメ異世界冒険譚！
緋天のアスカ①～③
～異世界の少女に最強宝具与えた結果～
著：天那光汰　イラスト：218

一流Aランク冒険者アルドが次に選んだ生き方はまったり田舎暮らし。村人Aとなり、農作・釣り・料理など自由気ままに人生を謳歌！
Aランク冒険者のスローライフ①～②
著：錬金王　イラスト：葉山えいし

ノクスノベルス

最弱種族の俺が魔王ガチャで引かれる確率 1

2018年10月20日　第一版発行

【著者】
天那光汰

【イラスト】
218

【発行者】
辻 政英

【編集】
沢口 翔

【装丁デザイン】
夕凪デザイン

【フォーマットデザイン】
ウエダデザイン室

【印刷所】
図書印刷株式会社

【発行所】
株式会社フロンティアワークス
〒170-0013 東京都豊島区東池袋3-22-17
東池袋セントラルプレイス5F
営業 TEL 03-5957-1030　FAX 03-5957-1533

ノクスノベルス公式サイト
http://nox-novels.jp/

※本作は、「小説家になろう」公式WEB雑誌『N-Star』（https://syosetu.com/license/n-star/）に掲載されていた作品を、大幅に加筆修正したものとなります。